U00302219

聽說 你還相信愛情

溫暖38度C—著

如果妳能聽見我的一聲嘆息，
能不能不要只做朋友，就讓我成為妳心上的愛情。

［作者序］

我回來了

我回來了。

記得之前在寫小說時，我曾和自己約定過，至少每年要完成一部作品。但為了追逐另一個更偉大的夢想，我竟忘了寫小說的初衷，忘了當初在書寫故事時，自己是多麼快樂、多麼充滿成就感。而這一停寫就是三年多，久到我以為我再也寫不出小說了……

在學編劇的課程時，有一位老師說我好像只會寫悲傷的故事。其實我很想告訴他，「嘿！老師，你沒看過我的小說，看了你就會知道我有多幽默了。」當時沒說，是因為老師在第一天上課就提出他最痛恨寫小說的。依照我對老師的了解，應該是由於很多人都以為只要會寫小說就有資格當編劇，就和我原先的想法一樣。果不其然，我跌了好大一跤，要是說今年有什麼目標，我想，最重要的是找回自己的勇氣。於是，我想從重新寫小說開始……

［作者序］

老實說，去年生了場大病，差點就成了天上的天使。恢復健康後，每回遭逢挫折或面對現實的壓力時，總有一個可怕的念頭在對我說：「為什麼要回來？把我救回來有什麼意義？這世上多了一個我、少了一個我有什麼差別？」我知道這想法很負面（小朋友不要學）但我必須坦白，我並不討厭這樣負面的自己，因為如此，才能正視自己的內心，通過與自己內心的對話，發現最深層的自己。

最近，讓自己靜下來後，我才徹底想通一件事：人生可以擁有很多個夢想，也能讓自己的夢想更上一層樓，但一個夢想的根要紮得深，更是一門大學問。於是我明白了，我想寫更多小說。有句話說，人賺了再多錢，死了也帶不走。但是如果我寫好多好多快樂的故事，甚至帶給讀者一些快樂和感動，那麼我是不是留下了比金錢更有意義的事？

所以，我回來了，希望能賺得更多讀者們的微笑。

最後，我只希望大家都能夠健健康康。此外，和我一樣懷抱著夢想的各位，在追逐夢想的同時，也要健康快樂喔！帶著正面的心一起加油吧！

以及最後的最後，還是老話一句，趕快翻開溫暖的書，感受溫暖吧！

溫暖38度C

其實我很不喜歡坐公車，真的，要不是爸媽嚴格禁止我成年之前不得私自無照駕駛，我真的很想當個拉風少年，而不是當個每天追著公車跑的狼狽少年，還得像沙丁魚一樣跟人群擠著。

這天，我又和死黨小鍾在網咖鬼混到太晚，匆忙趕搭末班車。

一上車，我就立刻看到最後面的雙人位還有一個空位，一個看不清楚臉蛋，傾靠著窗睡著的長髮女孩。我幾乎是不假思索就去坐上那個空位，沒有為什麼，只因為那個位置很吸引我，還有那個女孩。

一入座，還來不及展開我對女孩長相的遐想，我就聞到一陣濃濃的酒味。難怪這個位置沒人要坐，因為公車行進間，女孩很有可能一個噁心就把嘔吐物貢獻給身旁的人，想到這，我慢慢挪動身體，試圖拉開與女孩的間距。

女孩彷彿聽到我的心聲一樣，她慢慢蠕動了起來，還發出微弱帶著不舒服的聲音。我有點緊張，不知道女孩是不是我想的那樣，想要「抓兔子」了。

司機突然一個急煞車，女孩一個重心往前，頭撞到前座的椅背又彈回來。我有點嚇到，心想她沒事吧！這時，女孩突然醒了，一手按著額頭，一臉疼痛樣，我這才注意到女孩的臉蛋很清麗，是我喜歡的那種五官，純淨自然。怕被女孩知道我在偷看她，我趕緊移開視線，改用眼角餘光偷瞄她。

我注意到女孩開始東摸西摸找著包包，然後就在那麼一瞬間，我聽見女孩急欲作嘔的聲音。等我注意到我的書包不知何時飛去女孩腳上，已經來不及了，女孩把我的書包當作她的包包，一股腦把嘔吐物倒在我的書包裡。那一瞬間，我除了整個背脊發涼頭皮發麻，我也差點跟著嘔吐了。該死，我的書包啊啊啊！

嘔吐完，女孩彷彿舒服很多，頭靠在椅背上輕輕喘息。我默默把書包拿回來，頭上已烏雲罩頂，心想回家後到底是要把書包丟掉還是送洗的同時，女孩按了下車鈴，我趕緊起身讓出走道好讓她下車。

目送女孩蹣跚地走向公車門，心想今天真是衰爆了，還好我平常書包裡不裝書。突然，一個念頭竄進我腦海裡，我書包裡只裝手機錢包跟鑰匙啊！恍如晴天霹靂，我的哀鳳四要變成哀怨死了，一邊想著，我的身體不由自主地跟著女孩下車。

為什麼？我想應該是那一股怨氣吧！

我不是變態跟蹤狂也不是什麼可怕的復仇者，我只是想跟女孩說她毀了我的手機，我想她欠我一個對不起！最好是她能良心發現賠我一支手機。

這節骨眼上，顯然她不會懂她剛才做了什麼令人髮指的事，因為她走路東倒西歪，把自己給摔了，連高跟鞋也飛了。更令我傻眼的是，女孩除了冷靜地起身，鞋子跟包包也不要了，就那麼瀟灑地走掉。

基於道德心，我幫她撿起了高跟鞋跟包包，一路尾隨她，深怕她這副模樣會遭到不肖人士起歹念。

女孩跌跌撞撞走到看似她住處的家門口，竟然想徒手把大門扳開，發現打不開，她一股腦兒拚命地拍打大門。我有點嚇到，上前正要阻止她，她就靠著大門滑坐在地板上，接著開始哭泣，悲傷且無助地哭泣。我不知道她發生什麼事，只知道那樣的她怪讓人感到心疼的。

其實，我的腦海中閃過很多想法，例如：要不要紳士地遞給她面紙順便安慰她，或是放下她的包包和鞋一走了之。據說發酒瘋的人很可怕（我這還是頭一次看到發酒瘋的女人），我甚至擔心她意識到我的存在，會誤會我是變態跟蹤狂，但我最後的選擇卻是蹲在一旁聽她哭。

我實在是很不會安慰人，尤其是一個正在哭泣的女生。

也許是得不到安慰，女孩屈膝抱住自己，把頭埋進雙腿間不停啜泣，「嗚嗚……豬頭，傻瓜！大笨蛋！」

看著女孩哭得傷心委屈，我慢慢靠近她，想伸手拍拍她的肩。她猛然抬起了頭，我被嚇得跌坐在地，女孩臉上滿是淚水，紅腫的眼睛，暈成熊貓眼的眼妝，頭髮還紛亂地黏在臉上，那瞬間我以為我看到了女鬼……

農曆七月已經過了！我鎮定地回過神來想，一旁的女孩突然迸出這句，「我的鞋呢？」彷彿回到五歲的年紀，她開始扭動著身體，踢動著雙腳說著，「我的鞋呢？我的鞋呢？我的鞋跑去哪裡了？」

除了大開眼界，我找不到更適合用在女孩身上的形容詞了。

為了阻止女孩的大吵大鬧，我使勁地想幫她穿上高跟鞋，可她居然跟我玩起你丟我撿的遊戲。好不容易汗流浹背替她把鞋套上，以為這樣可以讓她安靜下來，沒想到她又開始揮舞著雙手鬼叫著，「包包呢！我的包包呢？」

其實，有那麼一瞬間我想把她打暈。真的！我發自內心。

匆忙把打翻的包包整理好，塞回她手中，女孩這才閉上嘴，抱著懷中的包包傻傻地笑了起來。看她冷靜下來，我那緊繃的神經才得以放鬆。

我幾乎是要癱坐在地板上了，花了幾秒用衣服抹掉臉上的汗水，心想我到底是發了什麼瘋，下車想跟一個酒醉女討公道。早知道會招來這麼多麻煩事，我當時應該自認倒楣回家就好了，靠。

等我意識到女孩怎麼這麼安靜，才發現她睡著了。

很好，這下我麻煩大了。

正所謂路是靠人走出來，方法是靠人想出來，於是我想到先去招輛計程車把女孩運回我家。喂，不是你們想的那樣，別想歪了。我只是個單純的高中生，至今也還沒有帶女孩回家過，實在是因為我不知道女孩家住幾樓，也實在是不想陪她在樓下餵蚊子直到她酒醒，才出此下策把她帶回家。

雖然做出這個決定時，我心臟莫名地有一瞬間跳得很快。

費了一番功夫坐上計程車，女孩披頭散髮地靠在我肩上，司機用著怪異的眼神看著我倆。

「咳。」我清了一下喉嚨，「麻煩到民德路。」司機的眼神讓我覺得我好像誘拐了良家婦女。

車駛動沒幾秒，司機終於好奇地開了口，「小弟，你女朋友好像喝很醉喔！」

「啊？對啊！」這個節骨眼上，我只能假裝是女孩的男朋友，要是我跟司機說我們只是陌生人，而且我還要帶她回我家，我想司機應該會把我扭送警局。

「看你穿著制服，應該是學生吧！是國中生還是高中生？」司機像是打開了話匣子。

「高中生。」

「幾年級了？」

「高二。」

「是喔！再不久就要當大學生了。」

「……」我在想司機是不是得了一種不說話就會死的病。

「啊你這麼晚了，還跟女朋友出來玩喔？」

「明天就是週休二日，晚點應該沒關係。」

「也是啦！想當年我也是跟女朋友玩到很晚才回家，這就是青春啊！」

我僵硬地笑了笑，並不想知道司機當年的風流韻事。

「對了，你跟你女朋友怎麼認識的？」照後鏡出現司機好奇的臉。

「公車上。」我據實以報，只是沒跟他說我們才剛認識。

「公車是一個可以認識好朋友的地方，我有一任女朋友就是我讓座給她，她被我感動，後來變成我女朋友的。」司機得意地笑。

原本我也跟著一起笑，高中生對「女朋友」這三個字的幻想總是很美好，不料一個大轉彎，女孩的頭順勢倒向我那……敏感的大腿。

喔喔喔！我心裡驚慌失措地叫著，趕忙要把女孩的頭移開，發現女孩的頭髮好柔順，好幾次我的手都從她頭髮滑開。怕弄痛她，試了幾次後，我就乖乖當女孩的人體枕頭。

我試圖鎮定，空氣中隱隱約約飄來女孩的髮香味，不知道她用的是什麼洗髮精，好香。這麼想的同時，彷彿有股電流迅速竄過我的身體，通到腳上，感覺腳麻麻的，通到心上，感覺心癢癢的。這是傳說中……心動的感覺嗎？我的嘴角不自覺上揚，這樣好嗎？

司機見狀，不害臊地說：「剛熱戀喔？要不要我多繞幾圈。」

「不，不用了。」一開口我就沙啞了，真尷尬，趕緊清了一下喉嚨，我佯裝鎮定地說：「我在這邊下車就好。」

「好，一百五十元。」

趕緊要打開書包拿錢，才想到裡頭有女孩的穢物，那味道……遲疑了一下，我看我先跟她借好了。從女孩皮夾抽出錢付了帳，一陣手忙腳亂把女孩從計程車上帶下來。

「小弟，要不要幫忙？」看我氣喘吁吁，嘴巴咬著書包，腋下夾著女孩的大包包，彎著身試圖把女孩揹上肩，司機看不下去我這身狼狽，主動提出要幫忙。

「好，麻煩你。」沒想到女孩看起來輕盈，醉倒之後卻這麼沉。

「小弟，下次別讓你女朋友喝這麼多酒！不然累的是自己。」司機一邊說一邊協助我順利揹起女孩，還好我一米七八的體型不是虛有其表，到了必要的時候還是派得上用場。

「司機謝謝。」目送司機上車前，我禮貌性地道謝。

「不用客氣，小弟，祝你跟女友有個愉快的週末！」司機探出車窗說。

「謝謝，你也是。」

「要記得做好安全措施喔！」司機一臉笑嘻嘻的。

「啊？」我詫異，嘴上咬的書包都掉了。

「年輕真好喔！」司機說完就駕車離開。

我愣了三秒，「真是，這司機在說什麼？我可是單純的高中生呢！」撿起書包的同時，我的嘴角卻不禁失守了。

我想這是我這輩子幹過最瘋狂的事了，揹著一個陌生的酒醉女子回家，幾乎是用盡我畢生吃奶的力氣，小心翼翼把女孩安放在沙發上，我便倒向另一頭的沙發喘氣，真是有夠累的，比跑一千六百公尺還累。

瞪著天花板，我滿意地笑了笑，真覺得我的義行可以接受表揚了，如果不是我雞婆地搭救，長得像小紅帽的女孩說不定會被大野狼拖走然後吃乾抹淨了。自我得意了一下，我突然想到，女孩醒來後會有什麼反應？畢竟我是個陌生人，而且還自作主張把她帶回家，她不會責怪我吧？一思及此我，感到有點侷促不安。

相較我的擔心，女孩倒是睡得很安穩，彷彿半小時前她沒有哭過也沒有煩惱過，我真心希望女孩醒來後，那些不愉快會遠離她，因為我在想，笑起來的她應該如我想像中那樣好看又漂亮。

牆上的鐘指著十一點三十六分，一不注意時間都已經這麼晚了，反正我已經把女孩帶回來，船到橋頭自然直，擔心什麼的先丟到一邊去。這麼想完，我坦然多了，乾脆好人做到底，幫她把臉上的髒污清一下，不然看了也怪不舒服。

說得倒輕鬆，我幾乎是連大氣也不敢喘一聲地擦拭著女孩的臉。我發現女孩就算不擦睫毛膏，睫毛還是很長很濃密。驀地女孩一個翻身，我本能地迅速臥倒在地，因為事發突然我的頭還狠狠去撞向椅角，痛得我摀住嘴才把髒話吞回去。過了三秒，我意識到自己不是賊更不是色狼變態，幹麼要躲起來？再說她還沒醒呢！怕啥？

壯起膽子，趁著這股氣勢，我又幫女孩把高跟鞋脫下，再進房拿一條小毯子蓋在女孩身上。完成這些事，我感到安心不少。

當然我沒忘記我那被嘔吐物摧殘的書包。蹲在浴室，戴上口罩和塑膠手套，我準備救援我那深陷嘔吐物中的手機。如果不是女孩長得那麼像天使，我很懷疑女孩會嘔出這些可怕的嘔吐物嗎？很顯然她今天吃了海鮮類火鍋，因為我看到類似章魚腳的東西，被救援出來的手機上頭還掛著金針菇的屍體……天啊！

依照這個慘況來看，似乎不是擦一擦就會好的傑克！我看明天得拿去手機店求救，至於髒掉的皮夾和書包，我打算給女孩看完證物後便扔了。

事情處理得差不多後，總覺得好像漏了一件事……對了，我得趕緊把跟她借來的車錢還回去，不然明天真要被當成小偷了。

無意間我看到女孩的身分證，知道女孩有個獨特的名字叫柯博媛，再往下看到出生年月日，我驚得下巴都掉了。這年次……我伸出手指頭數一數，五根手指頭根本不夠數，我又拿出另外五根，才算得出女孩整整大我八歲，八歲啊！根本是姊姊的差距啊！

或許我不該再稱她女孩，而是女人。

一時間我還不太能接受她是姊姊的事實，只能錯愕地看著她甜美的睡顏失神，到底是她保養得太好，還是現在女高中生長得比較成熟？我還是難以置信，我第一個動心的對象，居然是長我八歲的女生，二十五歲的生活領域，那是十七歲的我根本不了解的。

不知怎麼的心有點亂，原本我想追的這個女孩，想認真保護的這個女孩，想努力讓她開心的這個女孩，沒想到卻是個女人。

那我還該不該追？

然而，半小時後我豁然開朗，因為早在跟著女孩下車時，我的心就跟著女孩走了，即使未來她對我的感覺仍是未知數，但我對她一見鍾情卻是無庸置疑。白話一點來說，就像是被雷打到一樣，不只是觸電這般簡單。

釐清對女孩的感覺後，我心情愉快地去沖澡，沐浴完，原本想回床上睡個舒服的覺，但想到放任女孩一個人在客廳醒來似乎不太好，我還得跟她解釋事情的來龍去脈，最後我決定待在客廳看著無聲的電視陪她醒來。

人一旦放鬆，加上一天耗盡太多體力，我坐在沙發上，原本只是感到眼皮鬆懈，最後不知怎麼的，我居然就睡著了。

「你是誰？」一開始，我聽到甜甜的一個女聲。

「這裡是哪裡？」甜甜的女聲裡充滿著困惑，我舒服得壓根不想醒來。

然後，身體猛然被搖晃著，這劇烈的晃動，該不會是地牛翻身吧？

驚醒，發現女孩的臉登時出現在我面前，我嚇了一大跳，打了好大一個冷顫，還好沒尿失禁。但是我猛然意識到我每天早上醒來都會「升旗」這件事，二話不說立即要伸手拿沙發上的小毯子，結果被自己的腳步絆倒，狼狽地摔進沙發裡還壓到了手，好痛啊！試圖忽略那疼痛，趕忙拿起小毯子罩住自己。

「天氣怎麼會這麼冷。」我試圖給自己找台階下。

女孩彷彿被我這一連串奇特舉動嚇到，暗自拉開與我的距離，正充滿戒心看著我。「這裡是哪裡？我怎麼會在這裡？」

「這裡是我家，昨天妳喝醉酒了，我不知道妳家住幾樓，所以才把妳帶回來。」

「我說你……怎麼可以隨便把我帶回你家？」女孩有點生氣地說。

「放心，我不是壞人。」我趕忙澄清。

「你應該還只是學生，你爸媽不會介意你帶陌生人回家嗎？」

「如果妳是擔心我父母會生氣，放心，他們人都在大陸。」

「不是這個問題，我是指……算了，我該走了，謝謝你讓我住在你家一晚。」

「等一下，妳不問我叫什麼名字嗎？」

「為什麼我要知道你的名字？」女孩很是困惑地問。

「因為我想追妳，理所當然要讓妳知道追求者的名字。」雖然我很想這麼說，可是我怕嚇到她，斟酌一下改口說：「我叫周庫煒，妳可能忘記了，我們昨天搭同班公車，我剛好坐在妳旁邊。」

「喔。」女孩反應冷淡，只顧著把包包揹回肩上，一副怕我要她負責，急著離開的模樣。

「我走了，謝謝，再見。」女孩說。

「等一下！」不想就這麼跟女孩說再見，我下意識地叫住她。

「還有事嗎？」

「妳等一下，等一下就好。」我衝進浴室把書包拿出來遞給她，「妳要幫我把書包洗好。」

「什麼？」女孩滿臉困惑。

「昨天妳吐了我書包一身，所以妳要幫我洗書包。」

「呃，我不知道我昨天對你書包那樣了，真的是……對不起。」女孩紅著臉緩緩把垂下的頭髮塞進耳後，歉疚地看著我表示。

原來她害羞起來的模樣這麼可愛。

「沒關係，妳只要幫我把書包洗好還給我就好。」我一臉正經八百地說，心底卻是開心地嘿嘿笑，聰明如我，找到了一個可以繼續跟女孩聯繫的理由。

「那，你留電話給我，等我洗好再打電話給你。」

「好啊！我的電話是0989XXXXXX。」我滿意地看著女孩，喔不是，她有個好聽的名字叫小媛，我看著小媛把號碼輸入她的手機裡。

「再跟你聯絡。」

「嗯嗯。」我用力地點了兩下頭，以證明我有多正視這件事。

小媛被我這個舉動逗笑了，就是這個笑容，我差點被她融化了。

送走了小媛，我想我這一整天，心情都會好到像是飛上天。

因為我……戀愛了。

第二天，我如願以償接到小媛的來電。

「喂，是庫煒嗎？」

她喊我的名字時，我有種心癢癢的感覺，大概是她聲音太好聽。

佯裝鎮定，我說：「我就是。」

「書包已經洗好了，要我送去你家嗎？」

「好啊，不不不！還是我去妳家拿吧！」紳士就是應該要這樣。

「你知道我家？」她困惑。

不想被她誤會我曾跟著酒醉的她回家，我選擇裝傻，「妳給我地址吧！」

「那，好吧！我傳地址給你。」

「好，待會見。」

掛上電話，我心臟還是跳個不停！如果我說我只是接個電話，心就跳得像打鼓一般劇烈，應該會被小鍾笑死，畢竟我接過不少學妹打來告白的電話，應該要很老練而不是顯得這麼生疏。我想差別就在於來電的人，我的女神——柯博媛。

穿上我自認最帥的衣服，再整理出最有型的髮型，站在鏡子前看著自己，有自信的男人最帥了。雖然自信滿滿，可是這該死的緊張感又該如何消除？還有，如果我把書包拿回來，作為聯繫的線斷了，那我們不就沒有見面的必要了？一想到這，我不禁感到有些依依不捨。

有沒有什麼辦法可以繼續讓我跟小媛見面？下一秒，我想到死黨小鍾的哥哥大鍾，據小鍾說，大鍾長得不怎樣，把妹卻從來沒有失手過，堪稱是個不靠臉蛋的厲害傢伙，我不假思索立刻撥了一通電話。

「唷，酷哥，一大清早的準備要請吃飯啊？」小鍾一開口就把我當凱子削。

「吃你的頭，我不是要找你。」

「打我電話說不是要找我，哪一招？」

「我不知道你哥電話，所以當然打給你。你幫我叫他一下，我有一些事必須要請教他。」

「你這傢伙……該不會是來跟我哥討教把妹的事吧！」

賓果，知我者莫若小鍾也。

「你的問題怎麼那麼多，你把電話拿給你哥聽就是了。」

「那好，請我吃頓飯。」

「好啦好啦！你這敲竹槓的。」

過了幾秒，電話那頭傳來大鍾的聲音。

「喂，聽我弟說你想問我把妹的事，說吧！有什麼煩惱？大師替你解惑。」

大鍾這番話簡直像顆定心丸，我一五一十招了我和小媛的相遇，然後喜歡上她的經過。

「有什麼辦法可以讓我跟喜歡的女生生活上繼續有交集？」

「很簡單啊！裝可憐就行了。」

「啊？裝可憐？」我懵懂。

「對，女生天性就有母愛，你只要讓她感覺到你需要她就行了，小動物知道吧？女生對小動物最沒轍了，只要抓準女生喜歡照顧小動物的天性就成功一大半了，就這樣，我要出門跟我女友約會了，拜！」

我話還沒說完，大鍾……不對，是大師就掛斷了電話，果然是大師級，因為大師的話都很難懂，不過我會試著理解，努力追愛成功！

但，在那之前，我是不是要穿得狼狽一點，頭髮亂一點才會看起來可憐？

「白痴喔！那你要不要乾脆把自己的腳打斷，把自己的手弄廢？那是乞丐好嗎？我哥是要你態度可憐不是外在ＯＫ？」小鍾在電話那頭嘲笑我。

「是這樣嗎？」我乾笑。

「廢話！你不要還沒戀愛就變蠢了好嗎？我真替那些瞎了狗眼曾跟你告白的女生感到可悲，他們怎麼會喜歡上你這麼一個光有外表卻沒大腦的蠢蛋。」

「喂喂喂，你不要因為忌妒我就人身攻擊喔！」

「哈哈！我怎麼可能會去忌妒一個成績比我差，打籃球也比我弱的人咧！」

我只是懶得跟他計較，相信我，身為班草的我，不是浪得虛名的空殼。

「反正我等會準備去見我的女神了，不跟你一般見識。」

「說真的，兄弟，我希望你成功。」

難掩這感動，「鍾國凱，你……」

「因為你成功了，我就有機會把到謝昀庭了。」

謝昀庭是我們班上的女同學，同時也是我們的好朋友，我一直知道小鍾在暗戀她，也一直知道謝昀庭喜歡的人是我，她是一個很活潑可愛的女生，可惜我對她卻沒有來電的感覺。

「原來你的祝福這麼膚淺，不過我還是接受這祝福，哈哈哈。」

如果我得到幸福，我希望我的兄弟亦然。

「去吧！酷哥，去攻陷她的心！」小鍾最後這麼說。

結束這充滿激勵人心的通話，我趕忙照過鏡子確認自己帥爆了，隨即出門去。

小媛女神，我來了！

站在小媛家樓下等候時，我一直不斷深呼吸，為的就是不讓自己看上去很緊張。

終於，我看見小媛從樓上走下來，我更加肯定她是我心目中的女神，她一邊下樓一邊微笑跟我招招手，像是瀑布般的柔順長髮順著她的動作搖曳擺動，那樣子是我不會形容的美麗，有別於她那天喝醉酒的糗態，她今天美得冒泡了。

「嗨！」我突然有些羞澀。

頭。

「嗨！」相較我的害羞，她倒是落落大方。

「不好意思還讓妳幫我洗書包。」看得出來我緊張到不知道說什麼而開了這個

「我才不好意思害你的書包要重洗。」

「不會啦！」我們異口同聲地說。

然後，她笑了，我也笑了，同時也解除我心裡正響起的警報器，笑容果然是舒緩緊張的利器，她的笑容如同我想像的那樣好看又漂亮，有那麼一瞬間，我希望她的笑容永遠不會消失。

「謝謝妳幫我洗得像是拿到一個全新的書包。」我毫不避諱地狗腿。

她被我這番話逗笑了，想當然我也跟著滿足地笑了。

「希望我那天沒嚇到你。」她怪不好意思地看著我。

「可以的，我心臟很強，儘管那天我嚇很大。」我一說出這個玩笑話就後悔了，

因為小媛的臉頓時垮了下來。

「那還真是很抱歉讓你嚇很大。」

「呃……不是，我不是這個意思，那天我差點被妳嚇壞沒錯，但嚇很大倒不至於

啦……」糟糕，好像越描越黑了，小媛的臉色越發難看。

空氣凝結了好幾秒，小媛這才淡然地說：「沒關係，只是嚇壞還不足以嚇死，我該上樓了，你也該回家了。」

當她說出這些話，我的心都涼了一大截。

周庫煒，你這個弱雞，看看你說那什麼鬼話，還想要攻陷女神的心，我看你先自宮吧！

小媛幾乎是不等我跟她道別便準備上樓回家。看著她離去的背影，頓時我的緊張感急速攀升再攀升，感覺胃要抽筋了。

下一秒我突然感到肚子劇烈疼痛，像是體內的五臟六腑全都絞在一塊了。我痛到跪在地上，不是吧！這個十萬火急的情況下竟然肚子痛？

眼看小媛要上樓了，我心想不能就這樣讓愛情走掉，艱難地起身要去追小媛，才發現我眼前一片模糊就快要暈倒。我幾乎是咬著牙用意志力告訴自己絕不能在關鍵時刻暈倒，至少要留住小媛。

「小、小媛！」用盡全身力氣，我喊住她。

小媛回頭了。「庫煒？」我想她大概是看到我痛苦又猙獰的表情，「你怎麼了？」她即刻衝來我的身邊攙扶著我，當時我滿意得想笑，但是笑不出來，因為肚子實在是太痛了。

「我肚子快痛死了，可不可以借我廁所？」我不得已提出了這個要求，原本我想在小媛面前塑造的帥哥形象也毀於一旦了。

我痛得無法自行行走，只能藉助小媛挽著手慢慢上樓，偏偏女神家住四樓，爬樓梯的過程我猶如在走天堂路，好幾次都感覺腦海中出現跑馬燈。

「快到了，加油，庫煒。」

儘管小媛聲援我，但我精神已經渙散。

「你聽到了嗎？庫煒，要到了。」小媛似乎深怕我倒在她懷裡，不禁輕拍我的臉兩下。其實我也害怕我暈倒在她懷裡，因為那樣太娘們了！

好不容易捱到小媛家，關上浴室門前，我痛得連謝謝兩字都擠不出來。

「庫煒，你慢慢來沒關係。」小媛的善解人意讓我感動得差點要哭了。

坐上馬桶後我才稍微安心了點，至少屎不會是拉在褲子上。這該屎的，看我怎麼處置你。

無奈是場硬戰，儘管肚子不斷絞痛，我卻還是上不出來，我想大叫我想哀嚎我想罵髒話，可是一想到女神在外面擔心我的安危，我只能咬著衣角避免透露出自己的無奈與無助。

終於皇天不負苦心人，在長達近二十分鐘的奮戰後，我解出了些東西，但肚子還是一個痛字形容。

「拜託，先讓我在妳家待一下。」從廁所出來後，我虛弱地走向椅子癱著。

「肚子還是很痛嗎？」她一臉替我擔心的模樣。

「還可以，休息一下應該就會好。」我勉強擠出微笑。「還可以」是說給鬼聽的，我快不行了才是真的。

「如果還是很痛，不要逞強。」她甜甜地說。

「我知道，妳先去忙，先不用管我。」

我在想今天當不成帥哥，至少也要當個漢子！

「那，我先去曬個衣服，待會再來看你。」

「嗯。」

趁小媛不在的空檔，我立刻咬著下唇，一手抓著沙發把手，一手抱著肚子，心想我會不會死掉？

這是我人生中第一次這麼認真考慮要叫救護車，但也只是想想而已，要真那樣的話也太招搖了，要是不小心上了新聞，一個高中生因為腹痛而搭乘救護車送醫，肯定會有大批鄉民上網攻擊我浪費國家資源。為了不讓這種鳥事發生，我絕對會戰勝這疼痛，但前提是如果我能痛到一個麻痺的階段。

我把臉埋進手臂裡，顯然要痛到麻痺很難，痛到很想乾脆暈過去倒是真的，突然一隻溫暖的手搭在我的肩膀上，我抬起頭，是天使，不對，是曬完衣服的小媛。

「這樣不行，你臉色都慘白了，我帶你去看醫生。」她一臉堅定。

「可是……」我沒想過事情會這樣發展，王子被公主救，這樣聽起來好像很遜。

「沒可是了，走，我載你去醫院。」不顧我的遲疑，小媛逕自拉起了我的手，把我帶上了她的摩托車，還幫我戴上安全帽，雖然是印了喜羊羊與灰太郎圖樣的安全帽，看在是小媛費心跑去借的分上，我就不計較安全帽幼稚了。

到了醫院，經醫生診斷是腸胃炎，醫生說開藥吃就會好，但在我身旁的小媛猶如家長做足了功課，不僅了解病源，也請教醫生飲食上該做的改變。看著小媛這麼認真為了我的事著想，女生常掛在嘴邊說的好幸福，應該就是這種感覺吧！

看診完，我猶如一個老態龍鍾的老人，被賢妻一般的小媛挽著從診療室慢慢走出。我不禁幻想，如果我跟小媛真的能這樣一起走上紅地毯，一起走到最後走到老，那該有多好？

「庫煒，你先去椅子上坐，我去幫你拿藥。」

「啊？」美好幻想突然被打斷，我有點搞不清楚狀況。

「你坐著等我，我去拿藥。」小媛耐著性子重申一遍。

「喔，好，麻煩妳。」我感到不好意思。

「對了，你早上吃過東西了嗎？」她突然問。

「好像沒有，不過空腹吃藥應該沒關係吧！」我天真地說。

「那怎麼行，空腹吃藥會傷胃，這樣吧！我先幫你拿藥，再去買個吃的給你墊一下肚子。」

「這樣太麻煩了。」我有點受寵若驚。

「不想造成我的麻煩，就要乖乖聽話，我馬上就回來。」說完，小媛一溜煙離開，空氣中還殘留著她的髮香味。

我邊抱著肚子邊滿足地笑，世上得了腸胃炎還能笑得出來的人應該只有我，因為太幸福了！不但遇見生命中的女神，女神還因為要照顧我而辛苦奔波著，這不是幸福那什麼才是幸福？

突然，手機在口袋傳出 Line 收到訊息的提示音。

是小鍾。

「酷哥，怎麼樣？馬到成功了？」

「還沒馬到成功我就腸胃炎了！」

「哈哈！你腸子真他媽弱爆了！兄弟一場，需要我去看你一眼嗎？」

「去你的一眼，你當瞻仰遺容嗎？算了吧！你來只會礙事，現在有她在照顧我，足以抵十個你。」

「什麼！這麼狗屎運？」

「正所謂上帝關了你一扇門，必定會幫你開一扇窗，我要感謝腸胃炎。」

「真是太狗屎運了，那你不就可以利用腸胃炎好好可憐一下。」

我發出一張饅頭人吃驚的貼圖。

「對喔！得腸胃炎是一件很可憐的事。」

他回傳一張饅頭人大笑的圖。

「你犯傻了喔？有人因為得腸胃炎而感覺很美好很幸福嗎？」

「有啊！我。」

「不跟你說了，等你正常點，我們再談談正事？」

「正事？什麼正事？」

「請我吃飯的正事啊！」

「吃屎啦！拎北還在腸胃炎。」

然後，我就把手機關了，真是誤交損友。

沒多久，小媛提著一個塑膠袋回來。

「庫煒，讓你久等了。」

「怎麼會？是我給妳添麻煩了，今天謝謝妳了，小媛。」

「小媛？」她噗哧一笑，「我已經不小了，奇怪你怎麼知道我的名字？」一臉困惑的她盯著我。

我有點心虛。「喔！就是那天妳喝醉酒跟我說的。」原諒我不能說出那天我是偷看她身分證得知，不然小媛大概會恨死我，在沒有經過她允許下得知她年齡的祕密。

「一人一次很公平啊！上次我喝醉你照顧我，這次你腸胃炎我照顧你，這樣也算扯平了。」她笑。

「說得也是。」我也跟著笑。

「喏，吃東西前先用濕紙巾擦一下，下次吃飯前記得洗手比較乾淨。」小媛遞給我時叮嚀。

「注重衛生很好啊！」不由得感動，小媛把醫生交代的話都記住了，她遠比我想像中還要細心。

「市面上的早餐都太油，為了讓身體快好，暫時先吃這個吧！」小媛從袋子裡拿出一片白吐司給我。

我一臉詫異地看著白吐司，「可是我不想快點好，因為這樣妳才能一直照顧我。」雖然我很想這麼說，但實在是太厚顏無恥了。

「怎麼了？不喜歡白吐司？」小媛看我沒動作便主動說起，「雖然白吐司沒什麼味道，但吃完嘴裡會微微嚐到甜味，那就是它最原始的滋味，不會讓人覺得膩，你吃吃看。」

聽她這麼說，吃在嘴裡的白吐司也變甜了，難道這吐司有加糖？不，原來是眼前有個甜姊兒，難怪這白吐司意外地有滋味。

「嗯，還不錯，不過妳不用特地陪我吃，妳可以吃別的。」

「你不覺得東西就是要一起吃才顯得更好吃嗎？再說我也不知道要吃什麼，懷念一下白吐司的滋味也挺不錯。」她邊安慰我，邊把吐司捏小塊放進嘴裡。

這就是我喜歡柯博媛的理由，一個像白吐司的女孩，給人的感覺微甜卻不膩，最重要的是她很純潔善良。

如果可以，我真希望可以當她的果醬或火腿來增添她人生的色彩，只要能陪在她身邊，我好像就有一種擁有全世界的感覺。真的，我發自內心。

用完清淡卻讓人感覺幸福的早餐，小媛替我倒來了一杯水，吃下醫生開的藥，我的肚子終於沒那麼痛了。

後來小媛把我送回家，還不忘貼心提醒。「回家好好休息。」

「好，我回家馬上倒頭就睡。」

她被我逗笑。「記得起來吃飯吃藥就好。」

「好，我會照三餐吃光妳送給我的白吐司麵包。」我表示決心。

她愣了一會才笑著說：「除了白吐司，你還是可以吃白麵條或白稀飯啦！」

我腦中瞬間閃過大鍾說的女生對小動物最沒轍，只要抓準女生喜歡照顧小動物的天性就成功大半，就是現在，機會來了。

「可是我不會煮。」我佯裝無助。

「那可以請你媽媽幫你煮。」

「因為我父母長期在國外工作，家裡又只有我一個人……」此話一出，小媛就露出同情的神情，我趁勢加碼，「所以我只能天天吃外面，這次會得腸胃炎，應該也是吃到外面不乾淨的東西。」

小媛聽完，一臉憐憫的神情，好像眼眶還有點濕潤。

「庫煒，你來我家，我煮給你吃吧！順便教你怎麼煮。」

「真的嗎？」我高興得差點要跳起來，還好我克制住了，不然大概會被小媛發現我別有用心。

「我五點半下班，那你六點再來我家。」

「好啊！」

「那拜了，明天見。」

我高興到合不攏嘴說：「明天見。」

很好，至少我已經用可憐的形象攻陷小媛的心了。

腸胃炎，我愛你。

回絕了小鍾說要去網咖的邀約，我正神采奕奕前往小媛家。

一進小媛家，小媛就先讓我在客廳待著，她則去廚房備料。

上回來小媛家，我沒有細看她家的裝潢擺設，這次沒有肚子痛的干擾，我看得可仔細了，乾淨整齊的樓中樓式小套房，家具一應俱全，十足溫馨的小天地。

有別於我印象中女生喜歡的粉色，她家的布置大多是以藍色為基底，尤其是牆上那一整片海的相片最為顯眼特別。有人說藍色代表憂鬱，我卻不這麼覺得，反而覺得喜歡藍色的小媛就跟她給人的感覺一樣舒服純淨。

不知道她的床是不是也這麼舒適乾淨？忍不住這好奇，我才偷偷踩上幾個階梯要偷瞄一眼，她突然在我身後叫了一聲，登時，一個踩空，我就像那首小老鼠童謠形容的，叫媽媽，媽不來，嘰哩咕嚕咕嚕滾下來。

沒錯，我為我的色……不對，是好奇付出了代價，小媛正幫我在右手跟右腳的傷口上貼ＯＫ蹦，跌下的瞬間擦傷，還連帶撞壞了她的落地燈，簡直慘不忍睹。

原本以為她會生氣，結果替我貼完ＯＫ蹦，她居然噗哧一笑。

「小男生都會對大姊姊的房間這麼好奇嗎？」

「啊？」我頓時臉漲紅到耳根去。「我只是……呃……對。」真丟人。

然後她更是笑得開心，「你好誠實，真有趣。」

「那個，燈要多少錢？我會負責賠給妳。」

「那個沒關係了，反正我也打算不用那個燈了，原本不知道要收到哪裡去，這下直接丟掉就行了，你還幫我省了麻煩。」

「妳是認真的嗎？」我詫異，第一次弄壞別人東西還被稱讚，好奇怪的感覺。

「你也餓了吧？我們該去準備晚餐了。」

「好。」

我感到幸福，傻傻地跟著她走進廚房，這是個只能容納兩人的小空間。我說過我討厭擁擠的地方，但能跟我心目中的她在一起，我完全沒有這方面的困擾，反而非常享受，因為我正欣賞小媛在我面前穿上圍裙。順帶一提，她今天穿的是短褲，我不得不說她的腿很美。真的，我發自內心。

只是，當她也要我穿上圍裙時，我看到是件粉紅色的，倒退了三步，很是錯愕。

「我能不穿嗎？好怪！」感覺穿上圍裙我就是個娘們。

「不可以，衣服怕弄髒。」她說。

「我會盡量不弄髒。」我下保證。

「做菜一定得穿圍裙。」她表示。

「可是我真的不怕髒。」我強調。

不是充滿殺氣的眼神，她反而露出深情且迫切的目光。「你真的不肯穿嗎？」

算她狠，我妥協了。「那，可以讓我穿妳身上那件藍色的嗎？」

她這才綻開笑容說：「我很樂意跟你交換。」

我發現她好像有這方面的潔癖。

她替笨手笨腳的我穿上圍裙，細心地在我身後綁上蝴蝶結，我時不時能聞到她的髮香味。又來了，我的心跳猶如打鼓一般劇烈，幸好我答應穿這種娘們在穿的東西，不然就少了一次親密接觸的機會。

「好了，我們來動手做麵條吧！」

「做麵？」

「是的，我們要親手做。」

老天，這不是把麵條丟進鍋裡煮那麼簡單的問題，我連荷包蛋都煎不好了還做麵？能吃嗎？這是我第一個想法。

「要這麼費工啊？」我苦笑。

「其實只要先把材料備妥很快就能做好。」

從來沒想過麵粉如何製成麵條，這一天我完全領會到了，小媛負責材料的比例混合，我負責粗重的揉麵團工作，我們算是合作無間。等待醒麵的過程中，小媛先打了杯新鮮水果汁給我止餓，真是賢慧的女孩子啊！我想。

喝完果汁，我起身尋找靈感，想找話題跟小媛聊，忽然發現電視櫃上的一個木製相框，小媛和照片上的男生笑得很開心，兩人還很親密地勾肩搭背，對我而言是無與倫比的震撼，這個人極有可能是男朋友，直覺這麼告訴我。

「這個照片上的人是？」我忍不住好奇問。

「他很帥吧？」她臉上帶著驕傲。

「還，還不賴。」我顯得有氣無力。

「大家都說我們長得很像，可能相處久了，自然而然樣貌行為上就會相像。」

「是有那種說法。」為什麼不乾脆說你們有夫妻臉？我的心要碎了。

「他是個好相處，幽默大方，貼心又可愛，同時也才華洋溢的男生。」當她這麼說他的時候，眼睛閃閃發亮，嘴上露出微笑，彷彿這世上無人可比。

「是嗎？」那些她對他的稱讚，對我來說像是一顆顆子彈，就這麼瀟灑毫不客氣地砰砰砰地開在我心上。

「可惜我現在無法介紹你們認識。」她惋惜。

「你們分隔兩地嗎？」這是我在心痛中冒出的僅有想法，沒在她家發現男生的物品，那應該就是遠距離戀愛了吧！

「我也希望只是分隔兩地，但事實上他再也不會回來了。」倏地，她笑容停止，取代的是凝重的神色。「十九歲那年，他因為車禍而離開人世，在他青春正洋溢的時候離開了。」

「其實……我相信他在那邊會好好的。」震驚完，我所能想到的是這句安慰的話，雖然我是真的很不會安慰人。

就像是我從不會跟長期在國外工作的父母說我很想他們，我明白他們辛苦離鄉背井在國外賺錢，就是為了好好養育我，但其實我想的不過是希望他們能多花些時間陪我。在我成長這個期間，是最需要有人看著教著以免變壞的階段，顯然他們沒在擔心這問題，而我也很爭氣，沒學壞只是功課不好，雖然有些話我不太會說，可是不代表我心裡不會想。

所以，不太會說話的我，盡我最大的努力，絞盡腦汁只想安慰還沉浸在過往傷痛的她。

「如果他像妳說的那麼棒，他在天堂一定過得很好。」我又說。

「嗯，我也相信他在那邊一定很好。」顯然安慰奏效了，她稍微露出了笑容。

「那，如果他還活在人世，你們會結婚嗎？」當我講出這種沒頭沒腦的話，自己也嚇了一大跳，我居然在跟一個不存在世界上的人比較？

愣了三秒，「不會。」她說。

「為什麼？既然他這麼好……」

「因為他是我弟。」她驚訝。

「啊？對不起，我以為……」我也驚訝。

「是我不對，我應該先跟你說他是我弟弟，不過如果他還在人世，我相信他一定會是個很好的男朋友，也會是個很棒的音樂家。」

原來不是情敵，我莫名地鬆了一口氣。

「真羨慕妳弟弟，有這麼幫她說話的姊姊。」

「其實你不用羨慕我弟，在我眼裡你就是一個很可愛的大男孩。」

「是這樣嗎？」我感到害羞，雖然我比較想聽到她稱讚我帥。

等等，突然稱讚我可愛，難不成她要跟我……

「看著你，會讓我想起過世的弟弟，你讓我有多了一個弟弟的感覺。」

她對我笑，我卻笑不出來。

左一句弟弟右一句弟弟，該死，她只把我當弟弟！

我忘了我是怎麼吃完麵，跟她道別然後回到家。

我只覺得弟弟兩字在我耳邊不斷環繞，很刺耳以外心還很痛。

我討厭弟弟這種稱謂。

又回到下課就去打網咖的模式，我試圖用打怪練功來忘記身為弟弟的痛處。

「欸！你已經不去找你的女神囉？」

「別提了，我已經好幾天沒跟她聯絡了。」

「為什麼？」

「因為在她眼裡，我只是弟弟。」

小鍾聽完只是爆笑。

「你本來就是弟弟啊！還怕人家講？」

「閉嘴啦！」

「那你打算放棄愛姊姊囉？」

「我還在考慮，你知道我一向受女孩子歡迎，其實不需要為了一個姊姊傷心。」

「說謊不打草稿，明明很在乎她，還一直拿手機起來看，當我瞎眼沒看到嗎？」

「你又沒有愛過姊姊，你懂什麼？」

「衝著你這句話，我打電話給我那有腦子沒長相的哥哥。」

我在想，要是大鍾聽了小鍾這番話，不知道會不會兄弟鬩牆。

然後小鍾就撥了一通電話給他哥，開了擴音說明了我的煩惱。

「喂，啾酷ㄟ！我只問你一個問題。」

「大師請問。」

「當你很想吃熱狗，但你發現熱狗比你大，你會因為自卑而不去吃它嗎？」

「靠，哥，你這簡直是神回！」小鍾很是崇拜，居然在一旁做起筆記。

「這什麼比喻？」我傻了。

「你只要回答我吃不吃就行了。」

「當然吃啊！因為我就是愛熱狗。」還好大鍾不是拿香蕉來比喻，因為我不愛吃香蕉。

「那就對啦！順從你的渴望。再說，當你愛上某個人時，你會無法控制自己的感覺，那就誠實面對自己啊！」

「有道理。」我和小鍾同時點點頭。

「哥，我很好奇你真的跟年紀比你大的女生交往過嗎？那是交往多久？」小鍾忍不住好奇地問。

「沒有。」

「什麼？」我跟小鍾同時傻眼。

「不過我一直很想試試，哈哈哈！就這樣，我有事先掛了。」

「靠，什麼跟什麼？這樣我還能相信你哥的話嗎？」

小鍾拍拍我的肩，一臉幸災樂禍地下了這結論，「信耶穌得永生。」

「去死。」

「可是我不想去死，我想去溜冰。」小鍾拿著手機，一臉嘿嘿嘿地笑。

「說什麼啦！」牛頭不對馬嘴。

小鍾滿面春風地打開 Line 的訊息給我看。「謝昀庭答應跟我們去溜冰。」

「啊？」

「開心嗎？」

「是你在開心吧！我的煩惱都還沒解決。」我垂頭喪氣。

「安啦！謝昀庭說她會帶一個正妹來，聽她說那個妹超氣質超漂亮嬝美全智賢，就別管什麼姊姊了。」

「真的嗎？」我為之一振。

「算你好狗運，我眼中只有謝昀庭，不會跟你搶。」

既然柯博媛不把我當成男人欣賞，那麼，我就找別人欣賞！

「好，豁出去了，什麼姊姊？明天我就要當哥！」

「什麼哥？」

我們兩互看一眼，異口同聲地說：「大帥哥。」

然後我們兩個就哈哈哈地爆笑，不顧左右投射過來的詫異眼光。

同時，我也學到一件事，當你正處於迷途的狀態，無論要經過多久時間，你總會找到答案，就像是你不確定有沒有自信愛一個人，但你總該相信緣分這東西吧！

而緣分這東西就是該死的注定！

當我看見謝昀庭帶來她口中的正妹就是小媛時，我不知道該怎麼形容我的心情，真要形容的話，應該算是七級地震吧！而震央就在我的心。

「我來跟你們介紹一下，這是我們家族中最漂亮的小媛表姊。」

「哇！表姊你好……漂亮。」

「嗨！你好，別聽我表妹誇張了。」

「啾庫ㄟ，你看呆囉？」謝昀庭在我面前揮揮手。「姊，發呆的這個他叫周庫煒，我們都叫他啾庫ㄟ或酷哥，至於狗腿的那個叫鍾國凱，我們都叫他小鍾。」

「喂喂喂！為什麼說我狗腿？我這叫不吝稱讚。」

「姊，別理他們，我們先去借溜冰的裝備。」說完，昀庭就拉著小媛離開。

我眼巴巴看著小媛背影，疑惑她怎麼不說我們早認識，難道是有什麼忌諱還是她根本不想認我？感到悲哀的同時，意外地她回過頭看了我一眼，僅僅那一眼，卻露出淺淺地微笑。

這是什麼意思？雖然不懂她的想法，但看見那個微笑，讓我不由得心情大好，也因為那個微笑，我更加確定我對她的心意。

「喂，啾庫ㄟ，你還正常嗎？一下皺眉一下偷笑，你該不會是在想什麼變態的事吧？」

「我又不是你！」

「怎麼，你該不會是煞到另一個姊姊，昀庭的表姊？」

「根本就不是另一個，因為她……」話說到一半，我急踩剎車，小媛都沒公開我們認識的事，那我應該先保留才對。

「就是什麼？」

「雖然你哥講話很唬爛，可是卻很有道理。」

「靠，我好像不是問你這個吧！」

「先委屈當弟弟沒關係，接下來我要堂堂正正變成她朋友，在一舉攻下男朋友的寶座。」我宣示。

「什麼跟什麼？」

「等你長大就會懂。」

「靠夭，討揍。」受不了這刺激，小鍾跑來架我脖子。

「啾庫ㄟ、小鍾，你們還不快點。」昀庭在遠方喊叫。

「喔！來了。」小鍾鬆開我脖子，像個哈巴狗似地跑向昀庭。

說到小鍾跟昀庭的愛情，始終沒開花結果，昀庭就像蝴蝶，想當然小鍾就是追逐蝴蝶的哈巴狗，儘管小鍾上個月第三次向昀庭告白依然悲劇收場，但只要昀庭喊了小鍾的名字，小鍾便會奮不顧身衝上前去。

而我想，每個人在面對愛情時都是毫無理智，只管一股腦往前衝，不管會不會受傷。小鍾跟我都一樣，一樣地喜歡著一個人，一樣地一頭栽下去，一樣地不怕受傷只怕不能愛，也難怪我們會是朋友。

不同的是，我並沒有小鍾那麼勇敢，一直以來我都仗著自己長得有點帥，認為有女生喜歡我很正常，甚至沒有主動追求過任何一個女生（也可以說我自尊心比一般人強）。坦白說，我可以從這些喜歡我的女生中挑一個順眼的，又何必冒著被打槍還被恥笑的風險，可是當我遇到真正喜歡的她，我才明白原來愛一個人需要一百分的勇氣，因為我得在她愛上我之前承擔任何心酸心痛心碎的風險。

很顯然，為了她，我願意帶著這一百分的勇氣去冒險。

但在那之前，我得先把溜冰這事學好，當我在溜冰場上第五次摔得狗吃屎，回頭看到小鍾樂不可支地牽著昀庭的手溜冰，我便覺得他是計畫性地帶我來這出糗。好小子，不僅如願當了英雄還順便把朋友給出賣了。

我試著從冰上狼狽地站起身，可是太滑了，明明摔了那麼多次，要爬起來依舊困難。當我呈現單膝下跪的姿勢要奮力一搏時，眼前出現了一雙纖細修長的美腿。

我抬頭，是她。

「需要幫忙嗎？」小媛彎著身，微笑著朝我伸出雙手。

還來不及尷尬，我不假思索就把手伸出去。在小媛支撐著我的重量，拉我站起身那瞬間，出於本能，我很順手讓反作用力把她往我懷裡帶。

小媛驚嚇得呆住了，我則是很享受這樣的擁抱，偷來的擁抱。身高只到我胸膛的她簡直就是小鳥依人。

「哇塞！酷喔！這是哪一招？有抄襲偶像劇的嫌疑。」

「啾庫ㄟ，還不趕快放開我表姊！」昀庭氣嘟嘟的。

「對啊！放開那個女孩！」小鍾嘴巴很臭地說。

「我也想放開，可是我怕再次跌倒。」我耍賴地說。

然後，我看不清楚小媛臉上是尷尬抑或害羞，只知道她笑著輕輕推開我，改拉著我的手臂。

「要不然我教你溜冰好了。」她提議。

我想我會懷念那個短暫偷來的擁抱，因為很溫暖啊！心還跳得很快。

「好啊！」不知道我的嘴有沒有笑得很開。

「小鍾，你去教啾庫ㄟ。」昀庭突然在一旁發號施令，想破壞這樁美事。

「才不要咧！」

「才不要咧！」

我跟小鍾很有默契地一同說，我知道他不想放開謝昀庭的手，而我不想被小媛放開，如此簡單的道理。好朋友就該在這個節骨眼互相幫忙，顯然我們都做到了，不算義氣但至少達到互利的效果。

「為什麼？鍾國凱你有沒有同學愛？」

「如果啾庫ㄟ是女生，我會考慮一下，兩個大男生牽著手，唉額！我怕晚上作惡夢。」

「你少臭美了，我寧願摔個鼻青臉腫也不要你拉著我的手相親相愛學溜冰。」

「妳聽到了嗎？妳聽到了嗎？是他先不要同學愛的喔！」小鍾深怕被冤枉。

「啾庫ㄟ！」昀庭一臉嚴肅。

「幹麼？」我突然有些害怕謝昀庭要自告奮勇教我溜冰。

「我表姊在教你溜冰的時候，你不准像剛剛那樣隨便亂吃她豆腐。」

原來是吃醋啊！

「我有嗎？」我替自己反駁。

「你有！」

「你有！」

換小鍾跟昀庭異口同聲地說。

小媛則在一旁呵呵笑。

「只有我表姊可以碰你，你要是隨便亂碰我表姊，你就是……」

「下流、無恥、變態、不要臉！」最後不要臉三個字小鍾還刻意拉高音。

「沒錯，我們會盯著你，你給我自重一點。」昀庭警告。

「I look at you!」小鍾甚至撂下英文，用右手的食指跟中指指著他的眼睛再指著我。

一鼻孔出氣完，他們兩個就手拉手溜開（嚴格說來是小鍾故意帶開昀庭要獨處）留下我一臉莫名其妙。

「他們有事嗎？」我委屈地看向小媛。

「我只覺得你們對話好有趣。」她又笑。

後來，小媛牽著我練習手腳的協調度，我亦步亦趨跟著她的腳步，場上不知道有多少男子投射過來羨慕的眼光，我忍不住挺起這腰桿驕傲，我想我永遠忘不了她牽著我的手的溫度，雖然隔著這礙事的手套，但我心滿意足了，真的。

多希望時間走慢一點，這樣我就能把她臉上那燦爛無比的笑容盡收眼底。

在小媛細心教導下，沒多久我就能自己溜得很順，為了證明我不僅帥還有運動天分，我讓小媛先溜遠一點等我，表示要一鼓作氣追上她，不是我臭蓋，我真的很帥地追上她，緊接著也很帥地把自己給摔到牆上，再反彈倒成四腳朝天丟死人的狀態。期間，我先是聽到驚呼聲再來是竊笑聲，最後就是小媛趕忙來看我的關心聲。天啊！真想挖個地洞把自己埋起來。

「庫煒，你沒事吧？」

「唉唷，帥喔！你完全沒剎車耶！」小鍾邊幸災樂禍邊把我從地上拉起來。

「啾庫ㄟ，你幹麼不剎車，很危險耶！」昀庭罵我。

「不是他的錯，是我，對不起，庫煒，我忘了教你怎麼剎車。」小媛一臉懊惱看向我。

「沒關係，呵呵呵……」我站穩之後趕緊拍拍屁股，試圖拍走這尷尬。

「啊，庫煒，你流鼻血了。」小媛驚慌地指著我。

「真的耶！你還好吧？」昀庭眼睛睜得大大的，也是滿臉驚慌的神色。

「不只帥，是帥慘了。」小鍾一臉甘拜下風。

「沒關係，呵呵呵……」既然說我帥了，那我就帥到底，脫下手套用手抹掉鼻血假裝不在意。

過了一下，眾人看我鼻血不止就把我架去看臺止血。

小媛遞來衛生紙給我，小鍾則提議要跟昀庭去買吃的給我補血（哪裡有什麼補血的食物，完全又是小鍾故意製造機會要跟昀庭獨處）。兩人走後，小媛在旁陪伴著。

「要不要緊？」

捏著鼻子，我用鼻音說：「沒事，男子漢大丈夫，幸好我鼻子是真的，不然早就掉了。」

她被我這番樂觀逗笑了，「庫煒，你真的很有趣。」

「還好啦！那個……」手放開鼻子，我一臉認真，「小媛，我可不可以問妳一個問題？」趁小鍾和昀庭不在，我趕緊提出心中的困惑。

「好啊，你問。」

「為什麼不說妳認識我？」

「這個嘛，總不能讓我表妹知道我是喝醉酒認識你的，那樣多尷尬，也不好說出去是吧！所以幫我保密好嗎？」她俏皮地在嘴巴前做出拉拉鍊的動作。

「呵呵，原來如此，我還以為妳嫌棄我。」

「怎麼會呢？我喜歡你都來不及了。」她笑。

「真的嗎？」我狂喜。

「老實說，庫煒，我很喜歡跟你相處時這種輕鬆愉快的感覺。」

太高興的狀況下，我反而不知道該說什麼話，只能傻傻地笑，傻傻地笑。

笑夠了之後，我甚至問：「妳可以再說一次剛剛說的話嗎？我要把它錄下來。」

我拿出手機很是認真地說。

「你很無聊耶！」小媛笑著打了我肩膀一下，老實說有點痛，可是痛得很幸福。

如果可以，其實我很不介意她用她的頭顱在我胸膛撞一下，就像我隔壁那對差點把我眼睛閃瞎的情侶那樣。

原本應該讓這種開開心心的氣氛持續下去，但有時候我們總是無法制止好奇心而說錯話。

「那天妳哭得好傷心，妳發生了什麼事嗎？」

小媛沒料到我會這麼問她，足足愣了三秒沒說話。

「如果妳不想說也沒關係，我只是……」有點擔心那樣的妳。結果我卻說：「只是很好奇。」靠，我說了什麼蠢話？

「庫煒，我現在能不說這個嗎？」

「當然，當然可以，對不起……」

「庫煒，不用跟我對不起呀！因為每個人總有不能說原因的時候。」

「我知道，是另一個祕密對吧？」

「與其說是祕密，我更怕說了我會想哭。」

然後，換我沉默。

什麼原因讓她想哭，我很自然地想到難道是那個他，我不知道的那個他……

不是沒想過她或許不是單身這個問題，而眼前最令我在意的不是她單身與否，而是她心裡有沒有一個她忘不掉的人。

忘不掉的人，就跟號稱地球上最強，打不死的小強沒兩樣。

而我害怕的就是這個。

在睡夢中，我接到一通電話，是昀庭打來的。

「啾庫ㄟ，還在睡覺喔？」

「嗯。」

「都快中午了，你很累喔？」

「我能不累嗎？昨天溜冰回來之後，我腦中所想的全是打不死的蟑螂。」

「什麼蟑螂，你在說夢話喔？」

「啊？」我猛然一驚，總不能跟她說蟑螂可能是小媛放在心上的前男友，於是我打哈哈，「我在夢中打死了好幾隻蟑螂，其中還有幾隻會飛的喔！」

「好噁心！你作那什麼怪夢？」

「對啊！哈哈。」
「真是，呵呵。」
「不過，妳打電話來有什麼事嗎？」
「上次你說過你姑姑在我家附近開了一家影音出租店，對吧？」
「對啊。」
「如果以你的名義去租片，是不是可以更便宜？」
「還用說嗎？免費都可以。」
「所以等一下你陪我一起去你姑姑那邊租片吧！」
「啊？」
「然後再一起去小鍾家替他慶祝生日，他說他會叫比薩跟可樂喔！」
「對耶！那傢伙生日，我都忘了。」
「就這麼說好囉！等會你來我家接我。」
「小鍾也一起嗎？」我問。
「沒有，就我跟你。」
我難掩吃驚地說：「為什麼？」小鍾那傢伙竟然捨得我跟昀庭單獨出去？

說到平時，我們都是三個人一起行動，下課一起聊天，口渴一起買飲料，放學一起回家，一起認真做功課（雖然大部分時間我們都是拿昀庭的作業來抄），不管做什麼事都是三個人一起。當然昀庭也有自己女生的小團體，除了買衣服逛書店上廁所我跟小鍾不會跟著去，其他時間幾乎都是三個人同行。不知道從什麼時候開始有了這個不成文的三人行默契，原本只有我跟小鍾玩在一起，後來多了個謝昀庭。真要說起，大概是高一下學期小鍾喜歡上昀庭那時候開始的。

「他說他要整理房間。」昀庭表示。

「啊哈！這也難怪。」他肯放我跟昀庭獨處，一定是為了把房裡那些亂七八糟的東西藏好。

「什麼跟什麼？你到底要不要陪我一起去？」昀庭著急地說。

原先我是想拒絕，但念頭一轉，既然昀庭是小媛的表妹，她們兩人感情又那麼好，若我想要知道關於小媛前男友的事，從昀庭這邊著手不是更快更方便嗎？為了貪圖這個方便，我答應了。

也或許是我心懷不軌，以致於跳入火坑……

「為什麼要我騎這台淑女車？」

「你不是說離你姑姑家的店有段距離，騎車比較快啊！」

「是沒錯，可是這是淑女車耶！」當昀庭提出這個要求，我傻了。

「有差嗎？反正你後面載的是淑女。」說完，她自己很害羞地笑了。

我則是笑不出來，要我不要臉又要我做苦力當車夫，我能不抱怨一下嗎？

「真的要我騎嗎？」我吞了一下口水，好歹人帥也是有包袱，而騎淑女車就是其中一項包袱。

「難道你不會騎腳踏車嗎？」她質疑。

「我當然會啊！」

「還是要我載你？」她眨著大眼睛問。

拜託喔！這是一個明知道要騎車還故意穿裙子的女生該講的話嗎？

「上車吧！我載妳。」我認命了。

說了謝謝，昀庭就開心坐上後座。

距離上次騎單車，已經是好久的事了，國中那三年我幾乎天天是單車少年，無論颳風下雨颱風天，依然澆不熄我的熱血。大概那時把一輩子的腳力用盡，後來累了，加上公車十分便捷，我也就不騎單車了。曾經陪我奮戰的那台變速車，上頭已經不知道積了多少灰，有點可惜就是了。等我十八歲可以騎機車之後，那台單車的處境應該會變得更可憐，我想。

太久沒騎了，以致於起步有點左搖右晃，不過我很快就抓到平衡感。說真的，我還從沒用單車載過人。

「啾庫ㄟ，我問你。」

「什麼？」

「我可以把手放在你的腰上嗎？」

「放啊！」我二話不說。

「就這樣，你不會有一點害羞？」她邊把手放在我腰上邊困惑地問。

「為什麼要害羞？」為了安全起見，側坐的她把手放我腰上也是很正常的事。

「啾庫ㄟ，我問你。」

「妳問。」

「你是不是喜歡我表姊那樣成熟漂亮的女生？」

我的手一緊，嘰——！發出好大一聲剎車聲。

我回頭一臉詫異看向她，「幹麼突然問我這種事？」

「那你又幹麼要吃驚到停下來？」

喔了一聲，我重新踩動踏板。

「我可以讓你問關於我表姊的三件事。」

當時我並不知道昀庭的大方是陷阱，只是傻傻地問出我想知道的事。

「妳表姊她……是單身嗎？」

「嗯，她剛分手不久，你還有兩個問題。」

「他們交往多久？」

「六年，你剩最後一個問題。」

「她男友是個什麼樣的人？」

「比你好的人，好了，問答結束。」

「不行，這算哪門子回答，比我好總有個具體的形容吧！」

她無言，「好吧！人家斯文成熟有才華，滿意了嗎？」

「喔。」這下換我無言了，這三樣特質在我身上好像找不著。

接下來，我們都沒有再說話，直到抵達姑姑的店門口，昀庭在下車前這麼說了一句，「周庫煒你可不要喜歡上我表姊喔！」

被發現心事還想狡辯的我說：「妳又知道我喜歡妳表姊囉？」

「就憑你問了剛剛那幾個問題。」她像是抓著我的小辮子。

「明明就是妳叫我問的。」我不服。

「你要是對我表姊沒興趣，你幹麼想知道那些關於她的事？」

拍桌定案，我投降了，不知道我有沒有說過謝昀庭是一個很活潑可愛的女生，其實我還忘了她的一項優點，那就是聰明，只有自以為聰明的我才會被她套出心裡話，蠢喔！

「妳很煩耶！」我最後說。

「你才煩，反正你不可以喜歡上我表姊就對了。」

「為什麼不行？」一不小心，我就被激得說出這句話。

「因為我喜歡你。」她說。

這是我第三次踏入姑姑家的連鎖影音出租店，一次是開幕，一次是上個月我生日時，姑姑邀我來店裡慶生，第三次就是現在。店裡一樣的很有氣氛，不同於一般出租店的簡單陳設，姑姑會隨著心情布置店裡，在天花板掛上飾品，在椅子上擺著大型娃娃或在櫃上放些姑丈收藏的玩具公仔。像今天櫥窗就貼了大型凱蒂貓的裝飾貼紙，上面還印著 welcome。

為什麼要開影音店，據姑丈說，以前他在追姑姑那段日子裡，可是三天兩頭就帶著喜歡看電影的姑姑去電影院，整整看了三個月的電影才收買姑姑的心。沒辦法，當時姑姑太漂亮，有很多追求者爭相追求，所幸姑丈的用心良苦最後感動了姑姑。電影對他們倆來說具有很大的意義，因為電影，他們相愛進而共組家庭，所以才選擇在退休後開了這家影音店。

「咦，這不是周大少嗎？稀客稀客。」

「姑丈，你還真是愛開玩笑，什麼周大少。」

我忘了說，我姑丈是一個很幽默風趣的人，姑姑告訴過我們，當年姑丈用來跟她求婚的台詞竟然是，「阿美，我想跟妳攜手看一輩子的電影。」因此成功擄獲美嬌娘。這就是我姑丈，超酷的！

「唷，今天帶朋友來啊？」

「叔叔你好，我叫謝昀庭。」

「你這朋友長得很可愛又有禮貌，女朋友嗎？」姑丈曖昧地問。

「我先去挑片囉！」我還沒回應姑丈的話，昀庭就先跑掉了。

後來我說：「不是啦！只是朋友。」

「喂！年輕人怕什麼，喜歡就告白啊！」

確切地說，五分鐘前，是昀庭向我告白了。雖然從昀庭的很多舉動看得出她喜歡我的端倪，但我沒想到她居然會親口跟我說，我還是頭一次聽到這麼直截了當的告白。不過她那樣算是告白嗎？嚴格來看，好像比較接近警告。

如果五分鐘前我回應昀庭的心意，她就有可能成為我女友，但我喜歡的卻是她表姊柯博媛。她明知道的啊！對她說對不起好像變得沒有意義，與其說了會讓她難過的對不起，倒不如什麼都別表示，這樣也算是珍惜友誼的表現吧？我想。

「姑丈，我跟她真的沒什麼啦！」我小聲澄清。

「好啦！你姑姑等一下就來了，再叫她幫你看看如何。」姑丈意有所指地笑。

「姑丈，不要鬧了……」

「咦，煒煒你來啦！」姑姑一見到我，臉上立刻堆滿笑容，「你來得正好，我正想打電話給你呢！」

「姑姑有事找我？」

「姑姑下個月就要娶媳婦了，我正想請你幫忙當表哥的伴郎。」

「我？伴郎？」

「對啊！剛忙著跟你開玩笑，姑丈都忘了問你要不要來當你表哥伴郎。」

「可以是可以，不過伴娘會是誰？」這很重要，事關我的第一次！

「她呀！」姑丈笑嘻嘻地指著正拿著片子走向櫃檯的昀庭。

「什麼？」

「什麼？」

「什麼？」

第一個什麼是昀庭說的，第二個什麼是我說的，至於第三個什麼是姑姑說的。

「因為我跟你姑姑都認為伴郎和伴娘要三對比較好，你未來表嫂只找了兩個好朋友來當伴娘，剩下一對她答應由我們這邊發落。所以你當伴郎，你朋友也來當第三位伴娘正好，而且彼此認識比較不尷尬，是不是一舉兩得呢？老婆。」

「你姑丈說得有道理，只要你朋友答應當伴娘，我們就好辦事了。」

「姑姑、姑丈你們就不要為難……」

「煒煒的朋友，妳可以幫這個忙，當我們家伴娘嗎？」姑姑興沖沖地說著。

「可以啊。」

當昀庭紅著臉答應的當下，我有股冒冷汗的感覺，為什麼？

「太好了，就這麼說定了，過幾天給你們試伴郎伴娘服。」姑姑笑盈盈的。

租完片子，走出店裡，昀庭開心地說：「這是我生平第一次當伴娘呢！」

「妳都不緊張嗎？」

「緊張啊！你不覺得伴郎伴娘就是擔任一個祝福與被祝福的角色嗎？」

「應該吧！看妳好像很開心？」

「因為是和你配成同一對的伴娘呀！」

喔喔！這就是我冒冷汗的原因了。

我在想，小鍾要是知道這事，不知道會不會殺了我？

「這也是沒辦法的事。」聽完昀庭開心地分享即將當伴娘的事，小鍾只是嘆了一口氣。

「就這樣？」我質疑眼前的這個人真是小鍾嗎？

「你們就這樣拋下我一個人，自己開開心心地去吃喜酒還當花童。」他哀怨。

「不是花童，是伴郎伴娘！」昀庭糾正他。

「隨便啦！反正你們要把沒吃完的好料包回來給我吃喔！」小鍾微笑著說，有個瞬間我好像看到小鍾露出貞子般幽怨的眼神。

「知道了，你這個貪吃鬼。」

「我把可樂放在廚房忘了拿，昀庭，妳可不可以幫我拿一下。」

「喔，好啊！」

昀庭前腳離開，小鍾就起身把房門給關了。

「你幹……」話都還來不及說完，小鍾就撲到我身上。

「幹！啾庫ㄟ，你這樣是對待一個壽星的行為嗎？你這樣對嗎？對嗎？你禽獸！」小鍾氣呼呼地揪著我的衣領，一副要我血債血還的模樣。

「靠北，我是有強姦你喔？還禽獸咧。」忍不下這種污辱，我奮力把他推開。

「也是，可是你居然還有臉和昀庭一起當伴郎？」小鍾不放棄，再次揪上我衣領。

「你有事嗎？又不是我開這個口的，而且是昀庭自己答應，我根本沒逼她。」

「都一樣，你明明知道她喜歡你。」小鍾氣惱，「早知道讓你們一起去租片會發生這種事，我就不會讓你們獨處了。」

看小鍾如此激動，要是知道了昀庭跟我告白，他絕對會殺了我無誤。

「昀庭快回來囉！你還不放手？」

「要我鬆手可以，除非你保證，你到時看見昀庭穿伴娘服，不能因為她太漂亮而對她動心。」

我笑倒在床上。

「笑屁？快答應我。」小鍾順勢用棉被蓋住我，把我當壽司壓。

「幹，鍾國凱你棉被有沒有洗啊？」怎麼有點霉味。

「你管我洗不洗，快說你不會對昀庭動心。」

「你是男的還壓在我身上，很噁耶！」

「不想吐就快說，快說給自由。」

受不了小鍾的噁爛攻擊，最後我說：「我喜歡的是昀庭她表姊。」

「真的假的？」小鍾停止攻擊，我才重新呼吸到新鮮空氣，「那上一個你喜歡的熟女姊姊呢？」

「她們是同一個人，小媛就是我喜歡的對象，所以我不會對昀庭動心。」

才說完，昀庭就開了門進來。

我跟小鍾互看一眼，很像是作賊心虛，立刻正襟危坐。

「妳拿回來啦！謝啦！」小鍾爬下床，連忙接過可樂。

「不會。」昀庭面無表情，無法揣測她剛才有沒有聽到那番話。

「現在食物都到齊了，可以開動了。」小鍾假裝沒事地說。

「這比薩看起來好好吃，先嗑囉！」總之我先吃塊比薩壓壓驚。

「我跟你說，加辣椒會更好吃。」小鍾熱心地幫我撒上辣椒粒。

「謝謝。」

「你們……」

我跟小鍾頓時大氣都不敢喘一聲地看向昀庭。

「幹麼？」我有點心虛。

小鍾心虛過頭反而囂張地說：「怎樣？」

我跟小鍾這麼害怕昀庭知道的理由只有一個，小鍾不希望昀庭傷心，因為那會造成他的傷心，而我不希望昀庭傷心，因為那會使我們友誼產生裂痕，想必小鍾也會為此傷心。不管怎麼繞，最終都會有人傷心，而那是我們最不樂見的。

「我說你們什麼時候感情那麼好了？」她笑咪咪的。

我跟小鍾頓時鬆一口氣。

她一屁股擠進我們中間，兩隻手分別用力勾住我們兩個人的脖子，我和小鍾同時疼痛地哀號著，還有……

「啊！我的辣椒灑了！」

「喔，我的比薩掉啦！」

「看你們感情那麼好，我就不高興。」

昀庭嘴巴上雖然那麼說，但我跟小鍾都知道那是謝昀庭式的玩笑。

真正說起來，她才算是我跟小鍾之間的「第三者」。在昀庭介入我跟小鍾的友誼前，小鍾是個超講義氣的傢伙，我會跟他成為朋友，起因是一個麵包。

為什麼是麵包？因為那個時候我的麵包掉了。

國中時，學校有個不成文的規定，學生只要上學遲到，就要在校門口接受體罰，像是青蛙跳、伏地挺身、小雞走路等，藉以嚴懲愛遲到、不守時的學生們。

我很不服那樣傷自尊的規定，所以只要我不小心遲到，我就會偷偷翻牆進學校。

那天，顯然有人的想法跟我雷同，我看到一個比我矮的男生很艱難地企圖攀上圍牆，「可惡，改天一定要叫媽媽給我喝轉骨湯。」

當時身高已經有一七二公分的我暗自偷笑了好一會，基於同校這緣分，我還是很有良心地問他，「需要幫忙嗎？」

「廢話，我讓你在我背後笑了好一會兒，沒跟你收費你也好歹要幫個忙。」

我把背借給小鍾，讓他順利地翻過牆，接著換我輕鬆地翻進來。

「快閃，等下被訓導主任抓到就慘了。」他說。

「靠北，等等，我的麵包呢？」我明明記得我拿在手上的啊！

「什麼麵包？」

「一定是蹲下來讓你踩背時放在地上忘了拿。算了，算我倒楣。」

然後，一回頭，我就看到小鍾神一般地爬上牆。

「你在幹麼？」

「看不出來我要去替你撿麵包嗎？」

我十分感動的當下，突然聽到一陣嗶嗶嗶的哨子聲，是訓導主任。

「糟糕，訓導主任來了，先翻出去再說。」

結果小鍾一緊張，腳一滑，制服褲管被牆上的鐵釘鉤住。我試圖幫小鍾取下被勾住的褲管布料，可惜徒勞無功，眼見十萬火急……

「別管我，你先跑。」小鍾一臉快哭的表情。

「你們兩個幾年幾班的，還不快下來，還翻？」訓導主任吼罵。

我迅速地攀上牆頭準備跳出去，就在那時，小鍾使勁掙脫，用力過猛之下，唰的一聲褲子側邊硬是裂了一條縫，整個人跌回牆內。那是我翻過牆之前看到小鍾的最後一眼。

阿們，我在心中為他禱告。

當我跳到牆外那刻，以為得救了，沒想到牆外早已有另一個老師埋伏著。

「二年九班周庫煒，二年十二班鍾國凱，你們很會嘛！」訓導主任兩揪著我們一人一隻耳朵走進辦公室。

後來，我們一起在辦公室外半蹲，其他同學下課經過看到，免不了對我們一頓竊笑。其實我也想笑，只是憋住了，隨著小鍾半蹲的姿勢，從那褲管裂掉的開口間，很慘不忍睹地露出了一大半的腿。

兩個女生走來，毫不客氣地指著我跟小鍾的鼻子說：「那兩個人不知道做了什麼壞事被處罰，還有，妳看那個人的褲子，唉呀……他的腿毛好多喔！」

受不了這兩個八婆把我們當猩猩看，結果我跟小鍾異口同聲罵她們，「幹麼？看三小？」

因為那一句看三小，我們成為了朋友，也因為那一句看三小，我跟小鍾又被訓導主任加罰了一個星期的半蹲以及愛校服務。

這就是患難見真情下換到的友情。小鍾跟我從國中一塊玩到現在，但自從昀庭加入，加上知道昀庭似乎對我有意後，小鍾大部分的時間都只把我當情敵看待。

說也奇怪，當我向小鍾坦承我喜歡的人是小媛，那小子的義氣似乎立刻恢復了，就在替他慶生完，我們準備道別時，他突然這麼跟我說：「兄弟，我無條件支持你去追昀庭的表姊，只要有需要我小鍾的地方，我絕對義不容辭。」

「就算褲子破掉也無所謂？」我故意勾起他回憶。

小鍾先是張大嘴困惑了一會兒，然後想起來似地笑得超智障，說：「幹，那一次早知道會被罰半蹲，我就會穿四角褲而不是三角褲，那就不會讓人恥笑兩年了。」

「說到這，我一直想問你，到底為什麼那天你要穿三角褲？」

「沒為什麼啊！因為我媽忘了幫我洗內褲，那件三角褲是我國小時穿的。」

「靠，國小穿的，你怎麼還穿得下？」

「老實說很緊，一定是因為內褲太緊，翻牆才翻不過的。」

「那跟翻不翻得過圍牆有什麼關係？」我困惑。

「當然有關係，小鳥都快要窒息了，哪來的力氣翻身跳躍？不過，要是重來一次，為了兄弟你，我還是願意再破褲子一次。」他十分篤定。

「既然你都這麼願意為我破褲子了，現在就有一個機會讓你表現一下義氣。」

「什麼？」

「昀庭在門口等我載她回家，這任務就交給你，她問起，就說我拉肚子。」

「幹！」小鍾立刻用跑百米的速度離開。

我想那個幹字可以解釋成小鍾想說「謝謝你」。

到了表哥迎娶這天，明明新郎不是我，當伴郎的我卻顯得很緊張，除了因為我年紀最輕，還因為另外兩位伴郎我並不熟識。但他們很熱心教導我伴郎該做的事，也很好心地提醒我，必須做好心理準備陪新郎一起被伴娘整。

顯然我見識到了。伴娘群一字排開，手中還拿著迎娶新娘的通關卡，每個人臉上就是一副老娘不整死你們不罷休的表情。但這之中最令我意外的是小媛也在伴娘之列。我滿頭問號，昀庭呢？小媛似乎察覺到我困惑，用嘴型示意等會跟我說。

我點點頭，很快被驚喜感取代，因為穿著白色平口洋裝的小媛真的好美好美，有一瞬間我真想把西裝外套脫下來蓋在她身上，因為太美了。

迎娶第一關，要表哥在樓下大喊堂嫂的名字並大聲喊出我愛你。這些伴娘群也不打算讓我們陪娶團閒著，她們拿出寫著 I LOVE YOU 字樣的內褲，要我們像超人內褲外穿那樣套在褲子外，我很想死，真的。受不了眾人起鬨，以及另外兩個伴郎使著「我們都入地獄了你還不跳下來」的眼色，我這才彆扭地套上三角褲，我才不會說我是穿 LOVE 的那個。

喔！LOVE，超人要來拯救地球了，不對，是拯救表哥的婚禮。

當然，表哥也穿了，他那件內褲上頭寫的是堂嫂名字，所以我們四個人排在一起就是明顯的求愛口號，我在想這到底是誰想出來的整人遊戲，也太下流變態了！

第二關愛的考驗，表哥必須在二十秒內從六個唇印中猜出堂嫂的唇印。我原本覺得這關根本就是放水題，直到表哥六個唇印都猜遍了依然要受懲罰時，我才知道原來這六個唇印都不是堂嫂的，難怪伴娘群每個都笑得花枝亂顫，可不是沒有原因。而處罰就是表哥要塗上口紅在每個伴郎臉上狠狠地獻上一吻。輪到我時，其中一個體型較豐腴的伴娘跳出來要我們嘴對嘴。

「為什麼？前面都不用嘴對嘴。」聽到要嘴對嘴，我不自覺倒退了兩步。

「伴郎不照做，新郎沒辦法娶新娘喔！」豐腴伴娘語帶威脅。

「表弟，為了我要娶老婆，你委屈點，事後表哥再補償你。」表哥安慰地說。

「我可以不要事後補償嗎？」沒聽說過初吻可以補償的。

另外兩位伴郎拍了拍我的肩，然後趁我不備就這麼把我給推出去。表哥接住我，立刻往我的嘴上堵去……

我腦中一片空白，只剩下耳邊傳來的掌聲笑聲還有尖叫聲。

完成指令後，感覺我的靈魂被抽乾了，直到小媛跑到我旁邊叫喚著我。

「庫煒，大家已經進屋了，你怎麼還愣在這？」

「是嗎？我還活著，呵呵……」我感到嫌惡地趕緊用手背抹掉表哥的唇印。

「你這樣只會越擦越髒，我幫你吧！」小媛細心地用濕紙巾擦掉我嘴上的口紅。

我發誓，不是我故意要看小媛的事業線，而是我的視線往下剛好就對上她的胸口，感覺鼻腔瞬間有種熱血沸騰的感覺。我趕緊抬起頭，以防鼻血洩洪。

而我在想，有這種事後補償就夠了。

緊接著體力大考驗，新郎及伴郎團必須在一分鐘之內一同做十五個伏地挺身。對於年輕氣盛的我來說根本是小意思，但我完全忘了這關卡是要一同完成才算過關，其中一個伴郎到第十下就ＫＯ了，於是一顆老鼠屎壞了一鍋粥，大家又一同受懲，多做十下伏地挺身，只是，這次背上要坐著伴娘。當那位豐腴伴娘走向我，我真的很想逃，還好她最後明智地選了體格較健碩的伴郎，真是老天保佑！

雖說是懲罰，但當小媛坐在我背上，隨著我一上二下的起伏，接連在我背上發出咯咯咯的笑聲，我突然覺得氣有點喘、手有點軟都不算什麼了，因為天使就在我背上開心地笑著。不過最慘的應該是表哥，礙於他是新郎，所以有特別驚喜。當八十來公斤的岳父坐在他背上，我好像聽到表哥倒抽一口氣。只見表哥滿頭大汗、氣喘吁吁、手軟腳麻地做完第十下時，他也失身了，更正，是濕身。

好不容易來到第四關，天長地久，新郎必須在一分鐘內用鋼筷夾出九十九顆紅豆。由於表哥還沒從上一關的體力震撼中恢復，伴娘們特別開恩讓伴郎幫忙。眾人手忙腳亂、亂中有序下終於要將第九十九顆紅豆送入盆裡時，表哥因為手抖了一下，眾人驚呼，紅豆落地，宣告悲劇，四個人又要遭受懲罰，得吃下包了料的夾心餅乾。我很好運地挑到了芥末口味，也很好運地嗆出了一把眼淚和鼻涕，真慘。

最後一關愛的宣言，新郎必須在門外說出三句愛新娘的原因。我本來以為不擅言詞的表哥應該很難闖關成功，沒想到表哥那三句像小學生的照樣造句，卻讓眾人紅了眼眶，包括我。

「因為遇見妳，我才發現生命的可貴，很幸運我擁有珍貴的妳。」

「因為愛上妳，我才發現世上真有美麗的天使，可以帶給我幸福快樂。」

「因為有了妳，我才發現我這一生完整了也值得了，謝謝妳豐富我的生命，現在妳願意把自己託付給我，讓我一生一世疼著妳嗎？」

想當然表哥順利闖關成功。眾人開心地到新娘房祝賀著，我突然注意到小媛沒跟上來。我在房間外找到了背對著我的小媛，她抱著自己的雙臂，肩膀還微微顫動著。我以為她是因為冷，結果我才發現是她在哭。

「妳怎麼了？」

「沒有，對不起，我太感動了。」

「沒關係，我剛才差點也要被我表哥浪漫的宣言感動到哭了。」我安慰她。

「庫煒，其實女生要的並不多，而是一種安定和信任感，建構在不欺瞞的真心上。」

在禮車上，餐廳裡，甚至在招待客人時，我都在想著小媛的話。難道小媛被騙了嗎？是那個跟她交往六年的前男友？從昀庭口中知道了小媛的前男友成熟斯文有才華，除此之外，我對他的了解幾近於零。

而這個零，其實也不算零，因為我見到他了。

我在餐廳外看見一名男子與小媛拉拉扯扯，然後在小媛送上他巴掌轉身離開之際，我才知道那名男子正是小媛的前男友。

他就是表哥請來幫忙婚禮拍照的攝影師。

婚禮結束，我跟小媛一同搭公車回家。等待公車來的空檔時，我忍不住問小媛冷不冷。

好吧！其實我不是怕她冷，而是怕她的事業線被看光。

「庫煒，我不冷，還有點熱。」小媛臉紅通通地對我笑著。

只有我知道她現在這個笑容比哭還難看，她忍著不哭的樣子令我非常心疼。其實我剛剛真正想問她的是為什麼要為了爛人喝這麼多酒。和前男友談判破裂回到婚禮上，她就像是想藉酒澆愁一樣拚命幫新娘擋酒，旁人看到的是伴娘很盡責，而我看到的是一個很脆弱很傷心的女孩，她正試圖讓自己好過一點。

酒不是好喝的東西，嚴格說來還很傷身。

生平第一次偷喝酒是在兩年前，那時候我生病了，是很不舒服的一場感冒，但爸媽都在國外，他們得知我生病，只是叫我記得去看醫生。我嘴巴上答應卻沒有去看，因為他們不知道，對一個十五歲的孩子來說，生病最需要的是有人陪伴照顧，而他們只顧著賺他媽的錢！偏偏那天又是我生日，我不是在計較有沒有禮物或蛋糕，只要有一句「生日快樂」就好。他們連這個都忘了，所以我賭氣去買了啤酒，以為喝了酒咳嗽會緩和一點，心情也會好過一些。

喝到第二罐，我心情沒有比較好，身體也沒有比較舒服，相反地我吐得昏天暗地、咳得驚天動地，不僅如此還超頻尿。當時，我以為我會死在馬桶上，後來是姑姑聯繫不到我，帶著鎖匠來我家，才發現我的慘狀。

姑姑帶我去看醫生，醫生不僅糾正我，說感冒喝酒不會好，還笑我學大人喝什麼酒。後來這件事成為我跟姑姑之間的約定，她答應我不告訴爸媽我幹了什麼蠢事，而我答應姑姑在未滿十八歲時不會再偷喝酒，所以酒對我來說真不是好東西，反而是很痛苦的記憶，我只希望她能少喝點酒，如此而已。

「庫煒，昀庭她感冒生病了，你能幫我去她家看她一下嗎？」她突然說起。

「難怪她今天沒有來。」

「是啊！她凌晨突然發燒，所以我才臨時來代打。」

「妳不一起去看昀庭嗎？」

「不了，我累了，想回家休息。」

而我所能想到的是她在家裡哭泣的畫面。

「那妳答應我。」

「什麼？」

「回家不要……」

「公車來了。」小媛連忙向公車招手。

回家不要一個人偷哭，我對已經上了車的她的背影說。

「妳好像很喜歡坐最後面的位置？」我在小媛身旁坐下時，提出了這個疑問。

「這個嘛！大部分的人都喜歡往前坐，因為下車方便，而我之所以喜歡坐在最後面的位置，只是方便發呆跟打瞌睡。」

「呵呵，是喔！我以為有什麼特殊理由，不過妳說得也對，坐最後面就可以安心地發呆跟打瞌睡。」

「喜歡坐最後座還有一個理由。」

「什麼理由？」

她只是對我笑，並沒有說出理由。

「麻煩幫我拿這個給昀庭，作為探病的禮物。」她指著婚禮上新娘發給賓客們的一整支復古棉花糖。

「可以是可以，但給了她妳不就沒得吃了？不然我的給妳，反正我也不愛吃甜食。」我把我的那份給她。

「謝謝你喔！」

「不會，希望妳吃了它心情會變好。」我說完這句話，才發現大事不妙。

「咦，你怎麼知道我心情不好？」

「因為那個……我看到妳打了一個男的一巴掌，我在想他應該是妳男朋友。」

她表情尷尬地說：「沒想到被你看見我凶巴巴的一面，沒錯，他是我男友，不過分手了，沒想到會在你表哥婚禮上碰見他，我也很意外。不，不應該算意外，他本來就是很知名的婚禮攝影師。」她一臉黯然。

「那個……妳跟他為什麼會分手？」我當下不知道我這句話會讓小媛眼淚瞬間潰堤，如果早知道，打死我也不會說。

她只是任由眼淚從臉頰滑落，沒有半點哭聲，我想那樣的哭法一定是最痛的。突然看到她哭，我也慌了，想拿面紙給她擦，才發現我身上沒帶，下意識我就拿西裝袖口幫她擦眼淚，結果她哭得更猛了。

「妳、妳還好吧？」是我幫她擦眼淚她太感動了，才哭得這麼厲害嗎？

結果她淚眼汪汪看著我說：「庫煒，你袖口上的釦子刮到我的臉了，好痛。」

「糟了，真的耶！」我看了一眼，釦子明顯缺了個角，而那個角刮紅了她的臉，還浮起一條痕跡，當下我覺得死定了，「對不起對不起，我只是想幫妳擦眼淚。」

「沒關係，你反而給了我可以大哭又不怕尷尬的理由了。」

「我真的不是故意的，對不起，我本來只是想安慰妳，沒想到反而搞砸了。」我自責。

她擦著眼淚笑，「沒關係，你已經很努力想讓我開心了。」

「結果還是把妳弄哭了，我要怎麼做才可以讓妳開心一點？」

只是我萬萬沒想到，她的回答竟然是要我吻她。

「吻我。」

「啊？」

「吻我。」

「吻、吻妳嗎？」

「難道你不願意嗎？」

「現在？可是為……」

話還沒說完，小媛就把臉湊過來。她吻上我的嘴，閉著眼睛的她，睫毛微微顫抖著，一開始是短暫輕觸的探索，然後是悠緩的深吻，她的嘴唇好柔軟，原來接吻的感覺是這麼美好。

我才學會閉起眼享受時，突然，她放開了我，神情倉促地起身。

「對不起，我要下車了。」

我也慌張地起身讓她過。她就那麼下車了，留下我一臉困惑地愣在車上。

我摸了摸自己的嘴唇，剛剛那是作夢嗎？

顯然我不是在作夢，昀庭捏了一下我的臉，我還是能感覺到疼痛。

「妳幹麼捏我的臉？」

「你很不夠意思耶！哪有來探病還發呆的啊？」

「我有嗎？」想到公車上那個吻，我心臟還是會怦怦跳個不停。

「你怪怪的喔！是不是偷喝酒？」昀庭一臉狐疑地看著我。

「才沒有，滿十八之前我是不會喝酒的。」雖然有偷喝過一次的經驗，但是答應姑姑的事我還是會遵守。

「那為什麼從一到我家你的臉就紅通通的？」

我愣了一下，沒想到小媛那一吻的魅力之大，完全反應在我臉上了。

「不知道，可能快感冒了吧！」我隨口一說。

「到時你真的感冒可別誣賴我，為了你，我還特地戴上口罩了。」沒想到昀庭還真被我騙過去，她一向聰明，大概是感冒變遲鈍了。

「還真是謝謝妳的貼心喔！」

「那當然。」

「那妳感冒好點了嗎？」

「燒退之後比較好一點了。」

「不過，妳怎麼會突然發燒？」

「前幾天就有點小感冒了，我以為去藥局買個成藥吃就好，沒有想到會突然發燒。」

「生病還是看醫生比較好吧。」

「對啊！生病還是看醫生比較好。」昀庭的媽媽端著水果進來，「她就是不聽話，我明明交代她去看醫生，結果還是嫌麻煩自己跑去買藥吃。這還不打緊，她因為要減肥，這幾天都沒什麼吃東西，肯定是營養不夠加上感冒病毒才會發燒。」

「媽，妳怎麼都把人家的事講出來，好丟臉耶！」

「有什麼好丟臉？講出來就是要妳引以為戒，再說妳同學又不會笑妳，不然人家幹麼來家裡關心妳。」

「我覺得阿姨說得沒錯。」我反而有點羨慕昀庭，她有一個很關心她的母親。

「好啦！媽，我保證我下次生病一定會乖乖去看醫生，妳就不要再跟我同學爆我的糗事了。」

「會怕就好。我就先出去了，不打擾你們囉！水果很甜，要記得拿來吃喔！」

「好，謝謝阿姨。」

「知道了，媽，妳快出去。」

昀庭把門關上後，才又爬回被窩裡。

「難怪我覺得妳好像哪裡不對勁，原來是瘦了！」

「啾庫ㄟ，你這話是褒還是貶啊？」

「沒有啊！我是覺得妳根本就沒有減肥的必要，妳本來就很瘦了。」

「怪了，你今天變得很會講話嘛！」

「會嗎？我只是實話實說而已。」

「好，趁著這股氣勢，再給你一次實話實說的機會。」

「什麼機會？」

「你是不是很開心去當伴娘的是我表姊而不是我？」

「啊？」這話太犀利，到嘴的蘋果都掉在地上了。

「嗯？」

「實話嗎？」

「對，實話。」

「你表姊她……今天真的美極了。」說完，我又想起小媛穿伴娘禮服的模樣，忍不住心醉神迷。

「那我呢？」她突然拿起叉蘋果的叉子指向我。

我嚥了一下口水，深怕她會拿叉子捅我，為保小命，我正要開口誇讚她，她就搶先一步說：「算了，當我沒問，我表姊本來就很漂亮，又穿上那件那麼漂亮的伴娘服，不用想也知道肯定美上加美了。」

「其實妳也不錯啊！」

「真的？」昀庭的眼睛突然發亮。

我完全沒考慮到她心意，只顧著說：「不然鍾國凱幹麼死心塌地喜歡著妳。」

昀庭聽完，眼神黯淡下來，甚至還有點不悅，感覺我好像說錯了話。

「我跟小鍾可以是同學可以是朋友，但就是不可能成為男女朋友。」

「為什麼？」我幾乎是出於對小鍾為同情而問。

「原因你知道啊！」

「知道什麼？」我當然知道她早先向我表明的心意，可是要我自己說出來太尷尬了，不得已，我選擇裝傻。

「就是我喜歡你啊！」她毫不猶豫地說。

「可是我有好到值得妳這麼喜歡嗎？」除此之外我不知道該怎麼回答，拒絕也不是，不拒絕也不是，最後我選擇把這模稜兩可的問題丟回給她。

「嗯。」她點點頭。

「我除了高一點帥一點，沒有其他優點了，這樣妳還要繼續喜歡嗎？」

「我就是喜歡這樣的你。」

「不長腦子也沒關係？」

「沒關係。」她笑。

「幼稚也沒關係？」

「沒關係。」她又笑。

「不幽默也沒關係？」

「沒關係。」她繼續笑。

「如果我不喜歡妳，也沒關係？」

她的笑容突然垮下來了，只是沉默。過了好一會兒，她像是安慰自己般說著，「你是說如果，又不是說一定，所以沒關係。」她又撐起笑容。

當下只是覺得不忍，這個時候拒絕她好像有點殘忍，既然不能強硬地拒絕，那麼就來個柔性勸說好了。

「我知道小鍾長得不高又不帥，可是他可以為妳做任何事，妳知道的，只要妳不開心，小鍾就會像猴子一樣逗妳開心，只要妳開心了，小鍾就會像個傻瓜一樣陪著妳開心。」

「我知道他對我好，可是我就是忍不住……喜歡你。」

「可是我……」

她馬上說：「沒有小鍾的話，你會喜歡我嗎？」

「如果沒有他，我想我們應該也不會成為朋友。」

我好像說過，起先是因為小鍾喜歡上昀庭，他才拉她進來我們的小團體。原本是為了方便照顧跟監督，只是小鍾低估了我長得比他帥的事實。

「我知道你顧及跟小鍾的友情，所以沒辦法回答我這個問題。沒關係，那我換個問題問，如果沒有我表姊，你會喜歡我嗎？」

我沉默，「……」

她也沉默了，「……」

然後，昀庭就下床把房門打開，如果我沒猜錯。她應該是打算送客。

「我差不多也該休息了。」

果然，女人翻臉跟翻書一樣快。

「那妳好好休息。」

從昀庭身旁經過時，她突然開口，「謝謝你，啾庫ㄟ。」

她剛剛不是在生氣嗎？現在又恢復正常了。

果然，女人心海底針。

「謝我什麼？」

「沒有那麼快給我答案，因為我怕聽到真正的答案，我會想哭。」

「啊？」

「等你好好想清楚，確定了答案再跟我說，好嗎？」

我本來還想說些什麼，想想還是算了，「好。」我說。

我才步出她的房門，就被眼前出現的小鍾給嚇了一大跳，我才要開口罵他是摸壁鬼，立刻被他摀著嘴帶走。

到了昀庭家外頭，他才放開我。

「靠，沒事摀我嘴巴幹麼？還濕濕的什麼鬼東西，噁斃了！」

後來，我才發現那濕濕的鬼東西居然是小鍾的眼淚。

「你……在哭嗎？」

「靠北，你看不出來嗎？我跟你說是汗你相信嗎？」

「你是在哭個屁？難道你家有人走掉了嗎？」

「走你個香蕉！拎北是在傷心又失戀了。」

「你都聽到我跟她的對話啦？」

「廢話，早知道就不偷聽了。」

我損他，「偷聽本來就是不對的行為。」

「不偷聽我怎麼知道你有沒有講我壞話，什麼叫我不高又不帥，這世上比我更不高更不帥的人，你怎麼不去講？」

「我還是有幫你說好話。」我拍拍他的肩。

他撥掉我的手，臉上顯得沉重，「好話說盡了，她還是不喜歡我啊！她還是不喜歡我啊……」

小鍾哭哭啼啼的樣子，跟他平常囂張愛耍帥的模樣很反差，也大概是因為他從來沒在我面前哭過，我太震撼了，甚至有點氣他的眼淚驚嚇到我。

「反正又不是第一次失戀，你哭屁喔！再哭！我把你眼睛挖出來。」

「幹！周庫煒，沒事要挖人家眼睛，你有病喔？」

「有病也是跟你學的。」

「我有什麼病啦？」

「中了愛情的病啊！」

「有藥醫嗎？」他可憐兮兮問。

「沒有，打從你愛上那個人開始就沒藥醫了。」這也是我最近悟出的道理。

「那怎麼辦？這樣放著會不會死掉？」

「不會死掉啊！除非你先掛掉，不然你還是可以繼續你的單戀，再說，沒有哪條法律規定人不能偷偷暗戀一個人。」我頭腦很清晰地說。

「不知道我喜歡的心情能持續這樣多久。」小鍾說出了他的煩惱。

「那就喜歡到不能喜歡為止。」我說。

「這說法很幼稚耶！」

「是很誠懇。」

「很幼稚。」

「很誠懇。」

「很幼稚。」

「不然你打算怎麼做？」我最後說。

「繼續喜歡啊！不然還能怎麼辦。」

「靠，你很幼稚耶！」我捶了一下他的手臂。

「你才是。」他回敬我胸膛一拳。

「你才是。」我又捶了他手臂一下，而他又回我一拳。

我們就這樣，在打打鬧鬧中小鍾才不再哭泣。

我們都不知道，我們單戀的那個她有沒有喜歡我們的一天，但在我們的心完全死透之前，我們會繼續那樣的喜歡，沒為什麼，就只是覺得不喜歡有點浪費。

如果我說我為了那個吻而睡不著覺，小鍾一定會羨慕死我。

但，後來我還是忍住沒跟小鍾說，因為我還沒釐清那個吻代表什麼意思。

所以一大早醒來……其實也不算醒來，昨天我根本徹夜未闔眼，那個吻讓我很亢奮同時也充滿困惑，抱著想釐清那個吻的想法，我把小媛給約了出來，還特別約在一家超有情調的咖啡廳。

我比約定時間還早半個小時到，我等得很無聊，在店門口打量經過的路人，突然，一個長相像女生般清秀的男生吸引住我目光，他邊在電話那頭喊著「親愛的我馬上到」，邊推開玻璃門入內。當下我只是好奇他的女朋友是不是比他正，視線才跟隨著他，沒想到他口中的「親愛的」居然是一個男生，我看了，渾身起雞皮疙瘩。可惜他的「親愛的」背對玻璃櫥窗，我無法看清楚他的長相，但已足夠讓我感嘆，在風氣日益開放下，連愛情也進展到不一定非要異性戀，我眼前就有一對同性戀人。

「你在看什麼，看得這麼入迷？」

我嚇了一跳，原來是小媛提早到了。她今天臉上戴了一副墨鏡，雖然看上去有點帥氣還很有時尚感，但同時也呈現出莫名的距離感。

「沒、沒有啊！妳也提早到啊！」

「早到總比遲到好啊！」

「說的也是，聽說這家餐點很好吃，我們快進去吧！」

「嗯。」

服務生帶位坐定，我才發現那對同性戀人就在我們斜對面，他們正埋頭熱烈地討論著菜單。輸人不輸陣，雖然我還沒追到小媛，但我怎麼可以輸給一對同性戀人。

「看妳想吃義大利麵還是焗烤飯，不要客氣，今天我請客。」

「不用啦！你現在還是學生，又沒有自己的收入，所以我請客。」

「是我找妳出來陪我吃飯，還是我請客吧！」

「庫煒，你這樣我下次不敢跟你出來吃飯囉！」

搔搔頭，我說：「其實這也不算是我請客啦！因為我有兩張姑姑給的免費招待券，這家店是她朋友開的店，所以我們今天吃的全是免費。」

「原來是這樣，那我就不客氣囉！」

「請！」

「吃什麼好呢？看起來都好好吃的感覺。」

小媛面帶微笑專心看著菜單的模樣，讓我不由自主地心情好。我拿起桌上的水喝，盤算著什麼時機開口問昨天公車上的那個吻。

突然，一個湯匙落地的清脆聲音讓我分心了。原來是同性戀人那桌的清秀男彎下腰撿湯匙。這時，我才清楚看見清秀男的「親愛的」真面目。

我瞠目結舌，彷彿是電影院播放的３Ｄ立體恐怖片，眼前猛然出現嚇人的鬼。一個過度驚嚇，導致我原本要嚥下去的水又逆衝上喉頭，立刻嗆咳起來。

「咳咳咳，咳咳咳咳！」

天啊，我有沒有看錯，清秀男的男友居然是昨天那位跟小媛拉扯的攝影師！小媛的前男友？

「庫煒，你沒事吧？」

「咳咳，咳咳咳咳！」

我真他媽沒看錯，聽見我的咳嗽聲，他們正好奇地往我們這桌看來，他好像沒認出我，繼續愉快地和清秀男用餐，清秀男還用叉子餵他吃了一口蝦。

不知道是不是我的表情太震撼，小媛循著我的視線回過頭，我還來不及阻止，她已經看到他們了。那三秒彷彿一世紀漫長，然後，小媛僵硬地把頭轉回來，嘴巴瞬間抿得老緊。

女服務生走向我們這桌詢問：「您好，請問要點餐了嗎？」

她沒開口，「……」

我也靜默著，「……」

「請問可以點餐了嗎？」

看不見小媛藏在墨鏡底下的表情，只看見被她指甲摳紅的手背。如果看不出她是在忍著不哭，那我就是宇宙無敵大白痴了。

「請……」

我馬上從位置上站起，服務生被我突如其來的動作嚇了一跳。「不好意思，我們下次再來。」

說完，我牽起小媛的手迅速離開，當下只有一個念頭，要把小媛帶走，離開他們的視線，離他們越遠越好，趁小媛的世界下起大雨前。

然後，我們在馬路旁的休息椅上停下，小媛逕自放開了我的手，「對不起，庫煒，又讓你看到我哭了。」

「沒關係，我能理解。」

「其實我很討厭我自己這樣一直哭，好沒用，可是我就是忍不住。」

我下意識摘下小媛的墨鏡，她有點驚訝於我的舉動，我在想，她今天之所以會戴墨鏡，只是為了掩飾那哭得像核桃似的雙眼。

昨天她肯定一個人偷哭了。一想到這，我就好心疼，下意識我就說：「只有參加喪禮的人才會戴墨鏡偷哭，要哭也要這樣子哭才對。」說完，我把小媛攬入懷裡。「盡情哭吧！我不介意。」比起要我講話安慰她，不如用行動表示，因為我除了不太會講話，還怕說錯話。

而她，似乎也沒有在跟我客氣，真的很認真在哭，偶爾哽咽到喘不過氣，她還會揪緊我的衣服。她的模樣，對比我臉上尷尬的表情，經過的路人總是會多看我們兩眼，大部分的目光透露著鄙視，他們可能誤會是我欺負她了。

只是，不曉得我那打鼓般的心跳聲有沒有傳入她耳裡，如果有，麻煩幫我告訴她，我喜歡她，所以請不要再傷心了，好嗎？

過了大約半小時……還是一小時？確切的時間我忘了，我只知道等小媛冷靜下來，我的腳和手也麻了。這期間為了不打擾她，我維持雙腳和雙手微開像木頭人一樣的姿勢，現在恢復自由後，我反而活動起來有點卡卡的。

「我去一趟便利商店，妳想喝什麼或吃什麼嗎？」為了打破這尷尬氣氛，我說。

「庫煒，我只想喝水。」

「好，妳等我一下。」走了沒幾步，我突然想到小媛的墨鏡在我手上。我又折返幫她把墨鏡帶上，「剛哭完，眼睛不要吹到風，怕著涼。」原本只是想緩和一下氣氛，結果說完這話，我自己反尷尬得逃走。

好像只聽說過肚子和身子會著涼，眼睛著涼是哪招？靠，難怪小媛笑也不笑，周庫煒，你個蠢蛋！

因為小媛的一句，「庫煒，能帶我去一個安靜的地方嗎？」我把小媛帶來堤防這裡，這裡除了人煙稀少，還能坐在草坡上觀賞河流，我想，她現在很需要沉澱一下心情。

當我們到達這裡的時候，已經是下午了，陽光也沒有那麼強烈，我和小媛坐在草坡上看著河道裡的水緩緩地流動，好一會，我們誰也沒說話，就只是這樣靜靜坐著，看著河流。

後來，小媛率先開口，「庫煒，你還記得在溜冰場時，你問我為什麼那天哭得那麼傷心，是發生了什麼事嗎？」

「當然記得，妳說還不能說，是怕說了會想哭。」

「那天，公司臨時說不用加班，我興沖沖地去他住處想給他驚喜，沒想到我一開門，看到他在床上親吻另一個男人。」

如果我在咖啡廳沒有先親眼震撼過，當下聽到這番話，絕對會忍不住爆粗口！怎麼可能，上帝開了一個大玩笑。

「他們有穿衣服嗎？」一開口，我就發現說錯話了，因為小媛的表情很受傷，

「對不起，我不該關心這個問題。」

「我不怪你，你的反應是正常的，有，他們有穿衣服，如果我再慢點去，或許就會是你想像的那種場面。」

「後來呢？」

「後來等那個男的走了，我就跟他協議分手，他原本還想用六年的感情挽回我，可是他忘了他欺騙了我，我們的感情已經失去了信任。」

「難怪昨天你那麼生氣打了他一巴掌。」

「因為他要我原諒他，做不了情人還能繼續當朋友，我太生氣，所以才打了他一巴掌。」

「這種爛人！一巴掌太便宜他了，應該抓去阿魯巴到死。」我義憤填膺，「剛剛在咖啡廳，我應該給他們點顏色瞧才是。」

「庫煒，剛剛在咖啡廳，其實你都知道了，所以才會帶我離開那裡，對嗎？」

「嗯。」

「對不起，我一直不知道該怎麼開口說，我穩定交往了六年的男友，最後劈腿的對象居然跟他是同性別的男生。」

「我想，那不是妳的錯，只是上帝開了一個大玩笑。」

「很好笑的玩笑對吧！因為太好笑了，所以我不敢說給任何人聽，如果今天沒被你看到，我和他的分手理由應該還是因為個性不合。」

「我不會講，只要妳不要我說，我就絕不會洩漏出去。」

「謝謝你，庫煒。」

「謝我什麼？」

「謝謝你替我分擔我的憂傷，我明明知道你不用這樣做的。」

「如果真要謝謝我，作為祕密的交換，妳能當我是朋友，而不是像個弟弟的弟弟嗎？」

她沒說話，只是朝我擠出了笑容，我就當作是她答應了。

在回程的捷運上，我問起公車上的那個吻，她只說了對不起，那天她不該這麼失態，要我別把那個吻放在心上，因為那個吻，只是為了確定自己還有沒有女性魅力。

我知道她前男友最後選擇了「他」而不是「她」，讓她很受傷，也能理解她的自信心一定遭受很大的打擊，我不會介意她吻我只是為了測試她的女性魅力，但我很肯定，她前男友一定是瘋了才會放棄這麼有魅力的她。

而那個吻對我來說卻是相當驚天動地，拿地牛翻身來說，至少有九級的威力。我差點就想跟她告白了，只是現在還不是時候，此時此刻，我只希望她心上的傷能夠完全康復了，那樣才有我進駐的一天。

該怎麼安慰一個失戀的人？我不知道，正確來說，我並沒有失戀過，所以我只能用我最笨拙的方式撫慰她受傷的心。

聽說人在傷心的時候，最好有個什麼可以轉移注意力，無論是一件事、一本書或是一個目標。如果短時間不能愛人的話，那麼先試著去愛小動物，動物的一生就只有主人，絕對不用擔心會被牠們背叛而傷心。所以我從水族館帶了兩條孔雀魚，一公一母，一個魚缸和一株水草，對了，還有一罐飼料瓶。

「這是送給我的嗎？」小媛接過魚缸，臉上閃過驚喜。

「聽說孔雀魚很好養，如果妳不嫌棄的話，可以放在妳家養嗎？」

「當然可以，謝謝，我好喜歡，老實說我沒養過什麼小動物。」

「是嗎？」搔搔頭，我怪不好意思，畢竟這是我第一次送禮物給女生。

她把魚缸放在最顯眼的桌上，無論從哪個方位都能一眼看見，她對這份禮物的重視感，讓我分外驕傲得意。

「你怎麼會想要送我這……一缸魚？」

當她說這一缸魚的時候，我其實有點尷尬，因為那一缸魚也只不過才兩條。不是我小氣才送兩條，是因為我去選魚缸時，老闆向我大力推銷圓形的魚缸，沒錯，是圓形的魚缸，老闆說現在顧客根本不買圓形缸了，導致圓形缸一再滯銷，上次一個酒駕不長眼地一口氣撞壞他擺在外頭的圓形缸，只剩唯一一缸，他希望我能把這個魚缸買走，條件是他會算我八折再附贈我兩條魚，這就是為什麼只有兩條魚。不是我小氣，真正小氣的應該是老闆才對，之所以沒再追加，是因為我覺得一公一母剛剛好，雖然老闆建議如果要提高牠們繁衍率，可以三公兩母，但我還是堅持要一對，反正這種魚很會生（不需要氧氣又容易照顧）我就賭這兩條魚會相親相愛到繁衍後代。

「妳聽說過魚的記憶只有七秒嗎？」我問她。

「七秒嗎？」

「對，七秒，就算七秒前牠進食過，七秒後牠就會把這事忘了，所以千萬不要忘了而太頻繁餵牠，牠們會翹辮子撐死。」這些知識也是從水族館老闆那邊聽來，我立刻拿來現學現賣。

「嗯？」她還是不明白我送這兩條魚的動機。

「我希望，從現在開始，妳不快樂的記憶只有七秒，當妳想起那些不愉快，七秒後妳就會忘了，因為接下來的一百秒，一千秒，一萬秒，甚至更長的時間，我希望妳記住的都是快樂的記憶。」

然後，顯然她被我這席話給感動了，眼眶濕潤地回給了我一抹微笑。

那段話，可是我寫在筆記上背了好久才順利說出來的感人佳話，還好沒出差錯。

「那，牠們有名字嗎？」

「有，公的是周周，母的是柯柯。」

「周周跟柯柯，好可愛的名字，可是怎麼感覺好像是用我們的姓氏取的。」

「賓果！不知道要取什麼，所以就用我們姓氏來取。」我才不會跟她說：那兩條魚，就像我們一樣。

「那，周周是哪一條，柯柯又是哪一條？」

「尾鰭較大較漂亮的那條是周周，尾鰭較短身體較長那條就是柯柯。」

「真不公平，周周尾鰭比較漂亮。」

「沒辦法，孔雀魚好像本來就是公的比較好看。」

「可是柯柯才是真正沒有浪費飼料的好魚，周周好小一隻。」

聽到她說周周好小一隻，不知道為什麼，我有一種被戳到痛處的感覺。

「不要小看牠，周周雖然小，但是別忘了牠、會、長、大！」

「庫煒，你是不是生氣了？」

「我沒有。」

「真的？」

「真的。」

「可是我剛剛已經餵過魚飼料了，你還這麼拚命灑，周周會被你撐死喔！」

「喔！哈哈，哈哈，對耶！我馬上把多的撈起來。」

在撈魚飼料時，我只有一個想法，只要周周快點長大，柯柯就不會嫌牠小了。

我撈完魚飼料後，她突然這麼問：「孔雀魚的壽命多長呢？」

「老闆說一般是二到三年，但平均壽命其實只有一年左右。」

「沒想到魚的壽命這麼短。」

「可是牠們活得很悠哉不是嗎？」

「聽你這麼說，你好像很羨慕魚。」

「其實還滿羨慕的，可是我先聲明我不會想當魚喔！」

「呵呵，為什麼？」

「因為當人比較有趣啊！」

「可是當人有很多煩惱啊！」

「的確，上學很煩，考試也煩，老師更煩，被不喜歡的人喜歡也會造成我的麻煩。」好吧！最後一項煩惱是我硬要加上來的，這樣才能凸顯我多有異性緣。

「庫煒，除了這些，你沒有更大的煩惱嗎？」她看著我。

我下意識，「有啊！妳。」

她突然愣住，「啊？我嗎？」

「……我說妳所想到的某些煩惱，其實我還沒有遇到，所以還不知道。」

我說謊了，其實我有一個很大的煩惱：我怕自己長得太慢追不上妳的青春，我怕自己不夠成熟使妳沒辦法把我當男人看待，我怕自己把妳牢牢放在我的心上可是妳卻沒有同樣這麼做。這就是我的煩惱，十七歲的煩惱。

她微微一笑，「還是單純無憂的高中生好。」

「話雖如此，可是每天一成不變的生活有點膩呢！」我說。

「或許這麼說有些老套，不過我還是想跟你說，要珍惜在學校當學生的日子，等你出社會之後，你就會很懷念當學生時無憂快樂的時光。」

「嗯，我會。」

「對了，我想到我最後一個關於魚的問題了。」

「什麼問題？」

「萬一周周還沒活到一年就死了呢？」

「那還有柯柯。」

「又萬一柯柯也死了呢？」

「至少會留下快樂的紀念品。」

「什麼紀念品？」

「小魚啊！」

「真的嗎？你有把握牠們在死之前會生小魚？」

「有！」

「老闆說的嗎？」

「不是，我說的。」

因為是我精心挑選的周周跟柯柯啊！

好歹也要拚個一打魚寶寶再死吧！

「庫煒，那如果牠們一起死又沒有生出魚寶寶呢？」

她是來找碴的嗎？

「那就一起安葬吧！還有下一對周周跟柯柯。」

「為什麼又是周周跟柯柯呢？」

「因為牠們是命中註定的一對啊！」

因為我們是命中註定的一對啊！

這要是能實現的咒語該有多好，對吧？

不知道是不是小媛預言太準，或是我把養魚這事想得太簡單。兩個星期後的某個夜晚，小媛傳來一個饅頭人掩面哭泣的貼圖給我。

我回傳一個熊大困惑的圖。

「周周死了……」

我立刻回給她饅頭人震驚的表情。

「什麼！我死了？」

「不是你死了，是周周死了……」

「也對，是周周不是我。」

「對不起，庫煒，我沒有照顧好周周。」

「怎麼會？我明明就挑活動力最強而且看起來會活最久的魚。」

「我在想是不是我換水後，水加太滿，才害周周跳了出去，等我發現時，周周已經掉在地板上，而且也乾掉了。」

「變成魚乾了？」傑克，真是太神奇了。

「都怪我太粗心。」

「不，應該要怪周周想不開。」

「我在想我是不是不適合養魚？」

這問題讓我愣了一下，我送她魚的出發點是想讓魚療癒她，沒想到還沒療癒到，魚的死亡已經造成她另一種傷痛。

「妳有沒有想過，說不定是周周不想當魚了，所以早點投胎去了。」用膝蓋想也知道我在安慰她。

「真的？」

「真的。」

「如果真是這樣，那我心情好一點了。」

我傳一個熊大跟兔兔互相擁抱打氣的貼圖。

她馬上回我一個 Thank You 的圖示。

眼看話題就要結束，突然只是一個感覺，不想那麼快結束交談，尤其在這個寂寞的週末夜。

為什麼會有寂寞的感覺呢？我老早就很習慣爸媽不在家，自己一個人獨處自由無拘束又沒人管，應該是很爽的一件事。相信嗎？自從我喜歡上小媛，並且跟她相處過後，我獨自一個人的時候反而覺得寂寞。

小鍾說我會有這樣的感受很正常，因為他也是那樣，他說只要跟昀庭在一塊，他就顯得特別亢奮又開心，但當他一個人靜下來，他就會覺得特別寂寞無聊，而原因就出在已經習慣有她陪伴，卻又不能每分每秒在一起。結合這兩種要素，因而誘發出這種寂寞的感覺。

小鍾的理論讓我很訝異，但回頭想想，小鍾長年跟大鍾生活在同個屋簷下，肯定多少吸收到大鍾那套愛情理論，會突然變得這麼有見解也不奇怪。

為了排除這個寂寞感，我又趕緊找了話題繼續。

「那妳處理好周周了嗎？」

「我暫時把牠放在一塊布上，我不知道該怎麼處理。雖然我想過丟到垃圾桶，可是牠又不是垃圾，我覺得讓牠跟那些垃圾一起進到垃圾車裡有些殘忍。」

是天使沒錯，突然好想見天使一面，於是我順從心底的聲音發送了話語，「我現在可以去見天使一面嗎？」

「天使？」

「不是啦！是周周。」我趕快圓回來。

「現在嗎？已經十點多了。」

「我們一起安葬牠。」我丟出誘餌。

「好吧！」

「我馬上到。」

「等等，這麼晚了，也沒公車可搭了，你要怎麼來？」

「我還有腳踏車。」

「這麼晚了，騎單車會不會不安全？」

「反正晚上人少車也少。」

「那你路上要小心安全喔！」

我立刻傳了一張兔兔舉著「OKAY」的貼圖給她。

我把好久沒騎的單車牽出來，上面的灰塵好像在埋怨我的不忠，怪我沒有每天騎它出去蹓躂。現在終於有派上用場的時候，我確認鍊條輪胎跟剎車沒問題，一想到等一下就能見到我的天使，顧不得單車上的灰塵，我好豪邁地一屁股坐上，再迅速地騎往小媛家。

相信嗎？由於太興奮，我還因此站起來加速前進，想用最快速度奔向她身邊。然後呢？然後人生就是有這麼狗屎的事，為了閃避一隻從暗巷裡奔出來的野狗……

一個急剎車，我連人帶車一塊飛出去，撞上一戶人家的鐵門，再一同摔倒在地，最後車還壓在我身上。我本來想自己爬起來，只是右肩痛到難以動彈，結果還是受害戶跑出來伸出援手。

「少年仔，你騎腳踏車是怎麼騎到我家鐵門上的？」拉我一把的中年大叔操著台灣國語數落我的不是。

「有沒有怎樣？」看起來像是大叔妻子的大嬸關心地問。

太痛了，我按著右肩，好一會才開口，「為了閃狗。」

「閃狗？啊你不會直接給他撞下去？」

「……」

「搞不好撞上去你就不會摔得這麼痛了。」

「……」

「人家年輕人是好心不想撞狗，你就不要說風涼話了。」

「話不是這樣說，要是我，就會去撞那條狗。生命安全比較重要啊！也好家在，我們家的鐵門沒被你撞壞。」大叔不忘上前去檢查被我撞到的門。

我只有幹在心頭口難開。

「什麼時候還關心鐵門，幸好年輕人沒什麼事。」

還是大嬸明理。

「沒事半夜來撞我家門，真的是莫名其妙，跟你說直接撞上狗就好了嘛！」大叔又再唸一遍，怪我為啥不去撞狗，我當下很想問大叔，那為啥他不去死？

流浪狗已經夠可憐了，獨自在外挨餓受凍，我還讓牠受傷，說得過去嗎？

「不要理他，他個性就是那樣。你摔成這樣，回去記得要擦藥。」

我跟有良心的大嬸點過頭之後，牽起殘破不堪的腳踏車，拖著疼痛不已的身軀，一跛一跛走向小媛的住處。

不知道我這樣有沒有看起來很可憐？但小媛看到我時，表情活脫像看到了什麼驚悚片。

「庫煒，你發生了什麼事？怎麼手跟腳還有臉都擦傷了？」她緊張地左右查看我的傷勢。

為了在小媛面前展示我的男子氣概，我忍痛地說：「沒事，只是閃狗摔車罷了。」

下一秒，我幾乎感受到，小媛的擁抱有多暖，我的身體就有多痛了。

我正感動小媛這麼重視我的生命安全，才要好好享受這個擁抱，雙手打算偷偷搭上她的背時，她突然推開我，態度一百八十度大轉變。我錯愕的不是她落在我身上的粉拳，而是她為我流下的眼淚。

沒錯，眼淚，我讓她哭了。

「為什麼你不小心一點？」

我愣住，像個做錯事被訓話的小孩。

「我沒事啊！我還好好地站在這裡。」

「我明明說了這麼晚不要出門。」

「我……」

「你明明跟我說你會安全回家。」

「啊？」我剛才在 Line 有打出這句嗎？

「我們明明說好要一起辦演奏會的……」

這下，我能確定她說的那個人不是我，因為我不會彈奏任何樂器。

「為什麼你要離開我？」

「……」

「都是我的錯，要是我堅持不讓你出門，你就不會出車禍死了。」

說完，小媛跪在地上，掩面哭泣。

我完全明白了。原來她是把對她弟弟的遺憾投射在我身上了。

後來，小媛冷靜下來，跟我說了對不起，幫我進行了簡單的包紮。她說，我受傷的模樣勾起了她見到弟弟最後一眼時的回憶。

那天，她弟弟趁父母不在，要求要跟朋友騎車同遊，那時她弟弟才剛考上駕照沒多久，她原本不想讓弟弟這麼晚出門，但受不了弟弟一再撒嬌和保證，她才答應了。只是沒有想到弟弟保證平安回家的諾言卻跳票了。

隔天一早，不對，應該算是凌晨，她接到了噩耗。弟弟因為閃避不及一輛酒駕的來車，和對方相撞之後，人就那樣摔飛出去。她說弟弟是當場傷重身亡，她永遠忘不了見到弟弟最後一眼，他身上布滿大大小小的傷，和觸目驚心扭曲而腫脹的臉，她說他已經完全不像他了。

難怪她會給我一個擁抱。因為生命太珍貴了，如果不好好擁抱，生命有可能稍縱即逝。後來我做了連我自己也感到很不可思議的事。我伸手抱她，並且想著如果我是她弟弟會對她講什麼。

我閉上眼說：「姊，不是妳的錯，我現在在那邊很好也很快樂，既沒有痛也沒有煩惱，真的別再為我哭了，不然我會很傷心。」

後來，她還是感動得哭了，只是這次帶著微笑。

我在想，其實我也滿有一套的嘛！人也不賴嘛！但為什麼她就是還沒有喜歡上我？

唉，撇開這個悲哀，至少已經解開她對弟弟的自責。

或許是好人有好報，也或許是犧牲小我救了小狗，我的義行感動了老天爺，她居然開口要我留下來過夜。

怎麼辦呢？我這還是第一次在女生家過夜。有點口渴、有點緊張，還有點痛。我瞪著被包紮起來的雙手跟雙腳，雖然他媽的這些傷口不時隱隱在作痛，但也多虧了我受傷，才能在小媛家過夜。

小媛已經換好睡衣躺在床上了，那我還等什麼？我立刻去上個廁所漱個口，再興奮地躺在她的……沙發上。

唉，其實我比較想躺在她身邊耶！

但有沙發躺好像也不錯了，這樣一來才能享受她幫我蓋被的福利啊！

今天夢一定很甜，一定。

從來沒有一早醒來這麼美好的感覺，除了昨天為了閃狗而讓自己去撞鐵門，展現特技一般之後所伴隨而來的痠痛，其他都很棒。我閉上眼仔細一聞，連四周空氣都是甜的，還有淡淡的清香。

「你醒啦！」小媛無聲無息出現，我嚇得立刻從沙發上彈起來。

不是我膽子小，而是顧慮每天早上醒來都會升旗這件事。我趕緊拿起被子緊緊罩住自己，深怕被小媛發現哪裡不對勁。

「你怎麼了，庫煒？」

「……我突然感覺有點冷。」

她露出一個困惑的表情，「你好像很怕冷，記得上次在你家，你也是這樣把自己包得緊緊的。」

「對啊！我怕冷。」我能跟她說這是男生一早都會有的生理反應嗎？喔不能，我不能。「對了，妳有沒有聞到一股味道？」

「你說的是薰衣草味道嗎？那是我昨天點的睡前香精，呃，你昨天睡得還好嗎？我忘了先問你會不會討厭香精類的東西。」

香精什麼的我不是很懂，我只知道凡是她喜歡的東西，我都會喜歡，只是這句太像告白的話現在還不能說，畢竟現在是她的過渡時期，不需要再去使她煩心，而我唯一能做的就是慢慢等她傷好了，開心了，才是該我上場的時候。

「味道還可以，昨天我也睡得不錯。」這種說法大概叫官方。

「那就好。」

她把牙刷遞給我的同時，問我要吃什麼早餐順便買我的一份，十分鐘後，她把早餐帶了回來，不知道是她買的這家早餐店好吃，或因為是她買的才這麼好吃，我嘴角就是藏不住這快樂心情。

顯然被小媛注意到了，她好奇地問：「你想到什麼好笑的事嗎？」

「喔，小鍾傳了一個搞笑影片給我看。」我隨口說說，怎麼好意思說是跟她一起吃早餐令我感到很幸福。

「什麼影片啊？」

「一個泰國的壁虎廣告。」

然後，她好奇心大作，要我開手機給她看，然後……然後看完她就哭了！靠，不是這樣的吧！雖然有幾幕滿感人，但不至於到哭吧？

很快我就從錯愕中釋懷了，畢竟小媛剛失戀不久，好像曾聽人家說過，一個失戀的人，不管看什麼聽什麼都會自動轉換成悲傷的。

我總算見識到失戀的副作用了。正因為不知道該怎麼安慰她而愁著，她就開口了，「對不起，我這麼愛哭會不會嚇跑你？」她趕緊收起眼淚。

我突然回想起第一次她哭的情形，當時她滿臉淚水，眼睛紅腫，暈開如熊貓眼的眼妝，頭髮紛亂地黏在臉上，當時以為看到了女鬼，我被嚇得跌坐在地。

我不自覺笑出聲，不是覺得她好笑，反而覺得她是一個很真性情的女生，我會迷戀上她，肯定和這有關。

她感到很納悶地看著我，我解釋，「這樣很好啊！代表妳信任我，所以才會在我面前哭。」

我這麼一說，她有點尷尬，把話題轉到昨天沒安葬好的周周身上。幾經討論，我們決定把周周埋在盆栽裡，讓牠回歸自然入土為安。

然後小媛提議要載我去國術館看昨天的傷。我原本一直堅持不去，這還用說嗎？國小玩躲避球受傷的記憶太深刻了，當時我要接殺對方的快速球，誰會想到球是接到了但我的中指同時也傷到了。等到放學時，我的中指已經伸不直，不僅如此還瘀血紅腫，下場就是被我媽帶去國術館，師傅拿著藥在我受傷的中指噴阿噴，再用力地前後折啊扳的，他弄多久我就唉多久，太痛了，我當下真的很想一拳打昏師傅，但我沒有，因為在那之前我早就被眼淚模糊視線了。順帶一提師傅真的把我的中指包得好大一包，整整好幾天同學都看著我的中指恥笑我。

原本我是死也不去，但在小媛好說歹說下，加上右肩真的越來越痛，尤其當我舉起手，他媽的更感覺得到痛意，後來我還是被載去了，頭上依然是那頂她去借來的喜羊羊與灰太郎的安全帽。進國術館之前，我早就做好心理準備，無論如何都不能唉唉叫更不能哭。

然後呢？不要問我，因為真的糗爆了，小媛還被我逗樂了，她以為我是在搞笑，可是我拍桌子不是在搞笑，而是右肩太疼了，摔跤選手都能拍地投降了，我以為師傅能懂我的意思，結果師傅越來越用力，最後說我肩膀挫傷了，靠！

其餘的傷口，師傅也幫我重新包紮過。我一直很氣師傅這麼粗魯地對待我這個傷者，但最後在走之前，師傅誇獎我的女友很美。他以為小媛是我女朋友，這一點著實讓我爽翻天。當然小媛很快解釋我們只是朋友，雖然有點小傷心，不過我已經從弟弟晉升為她的朋友，也算是進步了。

她把我載回她住處樓下，好讓我把單車牽回家。我要她等我一下，我去附近便利商店提錢，把看病費用跟買早餐的錢清一清。

「不用了，庫煒。」

「為什麼不用？我沒有理由讓妳幫我付。」

「你知道你做的比我幫你付的多。」

「是嗎？」她這麼一說，我內心不由得暗爽一下，她是指我安慰她那些事還是指……

「我替那隻小狗感謝你。」

靠，原來是在說那條狗。

「這不是什麼大不了的事，再說狗也是生命，本來就該尊重生命。」

她笑，「到時候你要記得再回去複診喔！」

「好，等等……」我突然想到一件很敏感的事，趁誤會前我先問她，「妳不收錢的原因，是不是擔心我沒錢可用？妳放心，我爸媽每個月都會固定在戶頭裡匯入生活費給我。」

「我不是這個意思，庫煒，好吧！如果你堅持要付帳，下次請我吃頓飯好了。」

「當然沒問題。」我朝她比了ＯＫ的手勢。

她也朝我比了ＯＫ的手勢，我心情大好地跟她道別，再目送她上樓回家。

其實，我更想的是再跟她一起上樓回家耶！

隔天，我穿著拖鞋到班上時，所有人都把我當動物園觀。

「酷哥，你跟人打架喔？」「還是被車撞？」「我知道啦！走路看妹撞到電線桿。」「哪是？肯定是踩到香蕉皮跌倒。」一大早的，一群人在我面前七嘴八舌議論著。

「夠了喔！你們，還有鍾國凱，踩到香蕉皮跌倒是哪招？你以為香蕉皮隨處都有得踩嗎？再說有哪個笨蛋會故意去踩香蕉皮讓自己跌倒的，就跟你說跑跑卡丁車別玩得太入迷。」

眾人又問了，「不然你怎麼受傷的？」「對啊對啊！說來聽聽。」「滿足一下大家的好奇心。」

摔傷沒什麼了不起，了不起的是師傅幫我包得看起來好像很嚴重，所以這群人完全把我當神一般看待。

沒辦法，為了滿足大眾的好奇心，我只好說起了那神一般的意外。

「話說前天晚上我騎腳車出門，當時我以將近時速五十站著狂踩踏板，說時遲那時快，巷子竄出一條狗，我為了閃牠，一個急剎車，我就像空中飛人一樣咻地飛出去，再碰地一聲撞到一戶人家的門，滑下來，然後我就這樣掛彩了。」

「真的假的？」他們聽得很興奮，都不知道我當時痛得有多慘。

「沒幫你拍成影片上傳到 youtube 太可惜了。」小鍾一臉惋惜。

「酷哥，不然等你傷好了，再表演一次，好讓我們上傳。」班長大俠提議。

一想到當時飛起來的瞬間，我完全沒有展翅高飛的愉悅，而是一股腦兒地覺得完蛋了。當我撞上鐵門的霎那，我還以為我會死掉，還好佛祖保佑，我只是受到了些擦傷，外加肩膀挫傷。要我再經歷一次，門也沒有！

「你們瘋了嗎？以為我是專門在特技表演的嗎？我好不容易活下來了耶！」

我才說完，那一群傢伙很沒良心地笑成一團，只有昀庭站出來幫我說話。

「欸，你們男生很無聊耶！啾庫ㄟ都這樣了，你們還拿他尋開心。」

「這妳們女生就不懂了，男生就是要受點傷，身上留下傷痕才帥。」小鍾一副很羨慕地看著我，八九不離十是因為昀庭看我的眼神帶著心疼與不捨。

我沒忘，昀庭正在等待我給她答覆，可我怎麼好意思跟她說，我對小媛除了更加喜歡，已經是再也容不下其他女生的喜歡了。

「既然朋友受傷你這麼開心的話，那今天你就幫啾庫ㄟ當值日生吧！」

「又不只我一個人笑他，為什麼是我替他當值日生？」

「因為我是衛生股長，要是整潔被扣分，你要替我負責嗎？」

於是小鍾說：「我當然很願意聽衛生股長的話，再說啾庫ㄟ是我的好哥兒們，我幫他當值日生本來就是應該的嘛！」

我對於小鍾這麼快妥協感到有詐，但萬萬沒想到他會像個娘們一樣愛記仇。

受傷的好處就是體育課不用上，只要乖乖待在一旁看大家運動。一開始我是好好坐在一旁沒錯，直到小鍾帶著大砲過來跟我嗆聲。既然說到大砲我就稍微介紹一下這個人，大砲是班上體重最有分量的人，也是班上最會吃的大胃王，只要有女同學要減肥，他就會幫忙女同學消化那些多餘的熱量，以免那些不愛惜食物又怕死了下地獄的女同學受到懲罰。某方面說來，大砲是個惜福愛物的人，天底下應該沒有誰像他這麼珍惜不浪費食物了。

至於小鍾帶著大砲來嗆什麼，嗆聲內容如下。

「啾庫ㄟ，君子報仇三年不晚，我今天要跟你單挑立定跳遠。」大砲說。

「現在，這麼突然？」

「哪裡突然，剛好而已，大砲說他今天狀態很好，絕對會把你ＰＫ掉。」

當下我立刻明白了，一定是鍾國凱跟大砲出的餿主意，趁我狀態不好才要來找我單挑跳遠。

雖然我籃球打得不好，跑步也跑得不快，但是天生體型瘦長又靈巧，我跳遠的紀錄可是班上第一。

「如果我沒記錯，現在我好像還是個傷者，完全是個不公平的比賽。」

「哪裡不公平，我身上揹著比你多出三十幾公斤的肉，上次的比賽才叫不公平。這次虧你受了點小傷有點阻力，嚴格來說我們這場比賽才算公平。」

我瞠目結舌，大砲大概是想贏想瘋了，竟然說了這麼沒邏輯的話。

「人家大砲都不怕揹著三十幾公斤的肉跟你比了，難道你沒膽跟他比？」小鍾使出激將法。

我受不了人家激，於是說：「比就比，誰怕誰。」

事關我尊嚴的一仗，說什麼我也得奮力一搏，怎麼可以因為一點小傷輸給一個看不起我的大胖子。

站到沙坑起跳線時，我簡單地做了幾個熱身動作，然後身體預擺，腳用力一蹬地，身子騰空伸展時，耳裡響起了誰怕誰，烏龜怕鐵鎚，蟑螂怕拖鞋，帥哥不怕累，只怕……落地時我突然腳一拐，以正面之姿撲倒。

沒有例外，我被扶進了保健室。護士阿姨對於我逞英雄的事給了噓聲，只差沒說我是魯蛇。我很不想承認我跳遠王子的頭銜竟然讓大砲給摘了下來，我也很意外，死都不肯相信大砲居然贏過了我。

事後我仔細回想，在起跳時一切都很完美，除了身子騰空時牽動了右肩，喔不，我的身體一定是受到疼痛才失去平衡，沒發揮出最大實力，認真來說我是冤枉地輸了，可是輸了就是輸了，大夥一見我又裹著新傷回到教室，雖然他們稍微給了我面子死撐著不笑出聲，但雙肩跟嘴角抖動的程度，教我看了實在受不了。

於是我說：「拎北撐得住，要笑就笑吧！」

我才說完，一群人就笑趴在課桌上，包括小鍾跟大砲。

昀庭則是白了我一眼外加嘆一口氣。

該嘆氣的人應該是我吧！我跳遠輸大砲這事，肯定會被恥笑到畢業。

悶啊！

有時候我真覺得人應該要沉得住氣，不能意氣用事，否則結果往往不會更好反而只會更壞。

要是下午我沒答應大砲單挑跳遠，現在應該會是正常地走出校園，而不是走起路來一拐一拐像個殘廢，還需要人攙扶。

「啾庫ㄟ，你的腳真的有那麼痛嗎？就不能走快一點？」對於太過分的話，我只能更過分地回敬，「要我快一點不是不可以，那你揹我啊！這樣就能快一點了。」

彷彿我是燙手山芋一樣，小鍾立刻放開我，「想得美，誰要揹你。」

昀庭追上我們的腳步，「鍾國凱，揹他啦！」

小鍾很不服地說：「為什麼？」

「啾庫ㄟ會受傷還不是你害的，沒事慫恿大砲跟啾庫ㄟ跳遠做什麼？」

昀庭這番超有義氣的話，讓我忍不住為她拍拍手，小鍾則很不客氣地回敬我中指。

「我只是……好玩，再說我打算扶啾庫ㄟ回家已經夠好了，要我揹他不可能。」

「是嗎？那好！」說完，昀庭立刻把書包丟給小鍾，走到我面前彎著腰示意，「上來！」

我和小鍾嚇得張大了嘴。

「她要幹麼？」

「靠，她要揹你，你這王八蛋！」罵完我，小鍾又把昀庭的書包丟還給她，也不管我願不願意就堅持要揹我。

「先說好我是為了昀庭才揹你的喔！」

「知道啦！我也沒有很想給你揹，你既然要揹就好好揹，我要是三度受傷，你可是賠不起喔！」我拍拍他的背，雖然給小鍾揹感覺很怪，但總比我一拐一拐慢慢走來得強，再說，原來被人揹是這種感覺啊！還挺輕鬆挺愜意的嘛！

「啾庫ㄟ，你給我差不多一點，我這麼講義氣揹你，你卻在上面納涼吹口哨。」

「開心啊！難得當大爺不用自己走路。」人一旦飄飄然講話就會開始輕浮。

「再吵，我讓你屁股去吃三角錐。」路邊正好在施工，小鍾氣不過，威脅要讓我屁股開花。

「比起請我的屁股吃三角錐，你更應該請我吃頓飯才對。你要感謝我這個朋友，犧牲自己的身體來鍛鍊你的體魄。」

「幹，聽不下去了。」小鍾很幼稚地要把我扔往三角錐，而我為保小命用兩指神功戳住小鍾的鼻孔，一場拉鋸戰就此展開，昀庭看不下去趕來阻止。

「好了啦！你們兩個在幹什麼？」

「是他掀起戰爭的！」我說。

「屁啦！明明就是他惡人先告狀。」小鍾反駁。

「反正你們兩個都一樣幼稚啦！」最後昀庭受不了地說。

我跟小鍾則哈哈大笑。男生不都這樣嗎？一起幹了件蠢事，然後一起被罵再一同開心地哈哈大笑，一笑泯恩仇的能力比什麼都強，這大概是天底下男生們最幼稚的友誼表現了吧！

小鍾和昀庭把我安全送到家後，昀庭不知道哪根筋去打到，竟然提議要做菜給我吃，說是受傷的人就該吃健康營養的東西，傷才會好得快。

「不要吧！我家冰箱只是擺好看，裡面什麼東西都沒有。」多一事不如少一事，再說我不希望麻煩到她而欠她人情，我已經欠她一個答案了，又欠人情，實在是說不過去。

「沒關係，食材我去你家附近超市買就好啦！」她爽朗地說。

「真的不用這麼麻煩，煮不完放在冰箱只會爛掉，我還是等會自己買來吃。」

「不可以，你自己一個人吃多可憐，加上你現在又受傷耶！當然要有我們照顧你，陪你吃飯。」

我本來還想多說什麼來婉拒，結果小鍾搶先說：「我看你就不要再拒絕昀庭的好意了，就讓她做嘛！」

有了小鍾支持，昀庭更是下定決心，「我馬上買回來，你們等我喔！」然後她就興沖沖地去買菜了。

昀庭離開後，我說：「你幹麼不讓我阻止她？」

小鍾一副「幹麼阻止她」的表情說：「你有病喔！你不想吃昀庭做的菜，我還想吃，難得有這種機會吃到她親手做的東西，白痴才會放過這次機會。」

「那我問你，謝昀庭她會做菜嗎？」我丟出一個很現實的問題。

「不知道，沒聽說過。」

「那就對啦！萬一她煮的菜不好吃怎麼辦？」

「放心啦！謝昀庭耶！長得這麼可愛的人，做出來的菜一定不會難吃到哪裡去。」小鍾掛保證。

當鹹得快讓人洗腎的高麗菜進到我嘴裡，吐也不是吞也不是的當下，我只想給小鍾來個十字固定外加炸彈摔。小鍾顯然為自己講的話付出了代價，看他那一臉快死掉的表情，幸虧我不像他那麼貪心，菜一口挾那麼多，想早點投胎也不是這樣。

「好吃嗎？」害我差點去洗腎的罪魁禍首，喔不是，是昀庭笑得很甜地詢問我們好吃與否，我差點就飆她髒話了，那是人吃的食物嗎？動物吃了應該也會掛。

「好吃！好好吃！」小鍾眼眶泛淚把菜嚥下那瞬間，我當下覺得他不是人。

「真的嗎？太好了。」昀庭一副開心不已的表情。

我原本想趁昀庭不注意偷偷把菜吐掉，連衛生紙都偷偷準備好了，沒想到那兩雙眼睛死盯著我，我根本沒有機會這麼做。好像猜到我想做什麼，小鍾給了我一個「我都衝了你還不趕快吞下去」的眼神。

「啾庫ㄟ你覺得咧？」尤其是昀庭那一張超期待我給她評價的臉。

事到如今，我不入地獄誰入地獄，我只好硬著頭皮吞、下、去！

「……好……好粗。」我終於知道為什麼小鍾會眼眶泛淚了，食物一旦鹹過頭，混合唾液在嘴裡就會形成毛骨悚然的苦，我已經苦到發音不標準了。

「那你們要多吃點。」好貼心的她又好殘忍地挾了幾口菜到我們的碗裡。

我還沒把第三口地獄菜吃完就控制不住地吐了，事實上我也真的吐了。我這一吐，小鍾崩潰地罵我，「幹，你這樣吐掉，那我剛剛嚥下去的算什麼？」

「你們不是說好吃嗎？」昀庭十分受傷，挾了一口菜試，結果馬上變成苦瓜臉再漲紅成蘋果臉，「好難吃……對不起，我鹽巴放太多了，你們別吃了。」她很愧疚。

「沒關係，我們還有蛋可以吃。」小鍾很快地安慰昀庭。

「對啊！蛋就算焦一點散一點也還可以吃呀！」為了彌補我剛才把菜吐掉的不禮貌行為，我也跟著安慰昀庭。

雖然我跟小鍾這麼安慰她，卻遲遲不敢動筷子，最後是昀庭自己先嚐了一口，「……我看蛋也別吃了，好甜，我把鹽巴跟糖搞混了。」

我緊張地吞了一口口水，「那我們還要吃蔥爆牛肉嗎？」

「當然要啊！看起來油油亮亮挺好吃的樣子。」小鍾勇者無懼地說，我連吭也不敢吭一聲。

「算了，都別吃了，到時壞肚子。都怪我廚藝差，我以為煮菜很簡單。」昀庭難過地說。

小鍾為了不讓昀庭傷心，比誰都還激動地說：「誰說妳廚藝差，妳看這些東西都有熟，只是比較甜跟鹹而已，頂多飯多扒幾碗水多喝幾杯就好。」

看到小鍾護航昀庭的舉動，我突然想到有人這麼說過：愛情是盲目的。

為了別讓昀庭不開心，我接話，「對，對呀！」

她相當感動地看著我們，然後丟了這麼一句，「還好我有先見之明，我買菜回來的時候多買了一包水餃，不然我煮水餃給你們吃好了。」

我和小鍾互看一眼，「水餃？」

那晚我們才知道，原來沒熟的水餃肉餡是紅的，吃起來還會粉粉的……

只是，昀庭不放棄，又把半熟的餃子拿去煮，最後我們吃到的是皮跟肉分開的水餃。

主廚正不好意思嘿嘿嘿地笑著。

我和小鍾不好發火嗯嗯嗯地吃著。

想揍她，說真的。

我請了三天病假，還是姑姑幫我請的。昨天小鍾跟昀庭前腳剛走不久，姑姑就拿了她自己做的小菜來給我，發現我受傷之後，我便瞞不住閃狗摔車還有跟同學打賭扭傷的事，姑姑沒生氣，只是下了禁足令，她堅持要幫我向學校請三天假，讓我在家好好養傷。

我覺得這樣的安排很好，我可以連著三天睡到太陽曬屁股，不用聽班導碎碎唸，更不用因為我受傷的事去麻煩到其他同學。姑姑說她會照三餐來看我順便帶愛心便當，我很感動姑姑就像我第二個媽會照顧我，但我知道姑姑平常也很忙，還要照顧年邁的公婆，所以我請姑姑煮一大鍋咖哩給我，她就不用煩惱我的三餐了。

請假的第一天早上，喔不，我醒來時已經中午了，我立刻吃到姑姑特製的咖哩飯，不但咖哩很濃、肉很大塊、馬鈴薯綿密順口、洋蔥很甜，我想，世界上找不到第二個人能煮出比姑姑的咖哩飯更好吃的了。滿足了口腹之慾，我把PS3拿出來，遊戲片玩了一輪後，得到的只有空虛感。我才在想小鍾跟昀庭會不會想我，他們就傳訊息來了。

小鍾說：「靠，請三天假很囂張喔！不要在家偷看色色的東西。」

我回了一張饅頭人吃驚奸笑又比讚的圖吊小鍾胃口。

小鍾立刻回，「不要自己藏著喔！有好看的要分享一下才是朋友。」

我回，「分你個大頭鬼，你忘記我爸安裝了過濾軟體，看西瓜咧！」

小鍾，「哈哈哈哈哈！你們家真夠虛的。」

然後我就不理小鍾了，還是昀庭正常，有同學愛一點。

昀庭傳了一張兔兔驚嚇顫抖的圖說：「還好吧？在家要好好養傷喔！到時筆記再借給你抄。」

我回了一張詹姆士自拍耍帥比雙讚圖。

昀庭又說：「這三天我跟小鍾會很想你。」

我也是，不過，我最想的還是小媛，明明前兩天才碰過面，但總覺得我們見面的時間永遠都不夠。我發誓我只是單純很想知道小媛在做什麼，才用 Line 發了這麼單純的一則訊息給她。

「欠妳的那頓飯什麼時候要來拿？」

好吧！顯然不單純，而且也不是問她在做什麼，而是問下一次見面是什麼時候。

不到三秒，我看到了已讀，然後是小媛的回覆。

「要看請客的人什麼時候有空囉！」

我開心地大舉雙手歡呼，接著馬上樂極生悲地唉唉叫，我都忘了右肩挫傷還沒完全好，冷靜下來，我馬上回，「有空有空，我隨時有空。」

我告訴小媛我請假三天在家休養的事，她贊成我多休息。我問她喜不喜歡咖哩，她說很喜歡，我便趁勢問她要不要嚐一嚐全世界最好吃的咖哩飯，她問我哪裡有得買，我說我家免費供應，她也說她很樂意給我請客。

她就這樣被我騙來了，呃，不是，是被我邀請來。

小媛來的同時也帶了一些材料，說是作為回禮，要煮玉米濃湯給我喝。

好耶！

她要我在客廳坐著等，但我偏不想浪費可以待在她身邊的時間。想當然我胡扯一番說想要學煮湯，結果她搬了張椅子讓我坐在一旁，好讓我名正言順偷看她，嘿嘿。

「庫煒，你家沒有圍裙嗎？」

「好像沒有。」

「這樣啊……」

「有關係嗎？」

「沒有圍裙我沒辦法做菜。」

「……」我突然想起之前小媛要教我做麵條，堅持要我穿圍裙那件事。「那怎麼辦？」她好像有潔癖的樣子。

結果她說：「你介意我回家拿個圍裙嗎？」

確定小媛有潔癖無誤。

我能說不嗎？喔不能，我不能，因為小媛穿圍裙的樣子真的很好看，所以我說我不介意她回家一趟拿圍裙。

我在想，還好我家跟她家騎車只需要二十分鐘，要是三十分鐘以上呢？我絕對會去買一條給她，因為我迫不及待看她穿圍裙的模樣。

等待果然是值得的，看小媛穿著圍裙為我下廚，我幻想著未來我們共組家庭的畫面，覺得自己是全天下最幸福的男人。

只是她並不知道我根本無心學煮湯，什麼步驟該做什麼我一點都不在乎，我只是傻傻地傻傻地看著她，偷偷地偷偷地滿足地笑。儘管這樣的行為很像痴漢，但我並不介意當個痴漢，大概是太幸福才會這樣失控。

沒錯，失控。當你越來越愛一個女生，你會連她眨眼睫毛的瞬間也不想放過。

小媛把湯煮好的同時也把咖哩重新加熱過，我和她正吃著香噴噴熱騰騰充滿愛的超美味幸福晚餐。

「庫煒，你姑姑煮的咖哩果然是全世界最好吃的。」小媛忍不住讚美。

「是吧！我姑姑的廚藝可是全天下數一數二的好。」我感到驕傲，暗自感謝姑姑的咖哩幫了大忙，讓我約到小媛共進晚餐。

她故意開我玩笑地問：「那你姑姑是數一還是數二的那個？」

「數一當然是我姑姑，數二就……妳囉！」說完，我自己都害羞。

「庫煒，雖然聽你這樣說我很高興，可是周媽媽聽到了應該不會開心。」

「我媽不會不開心，因為她不怎麼下廚，下廚的反而是我爸，但我爸的拿手菜永遠是炒飯，老實說我吃炒飯吃怕了，最後還是我提議他乾脆拿錢給我買飯。」

小媛呵呵笑了兩聲，「庫煒，你真是個特別的人。」

「我嗎？怎麼說？」我滿心期待聽到她對我的看法。

「首先在我看來你很獨立。」

「妳說對了，我爸媽就是看出我有獨立的潛能，所以他們在我十四歲的時候就把我一個人丟在台灣，自己跑去大陸做生意。他們提議過要把我接過去，但我不想，我還是喜歡待在熟悉的地方，再說小鍾不能少了我這個朋友。」

「我很佩服你的勇敢，但你不孤單嗎？」

「說真的，當我收到最新的手機和最新的電玩時，我不會想起自己一個人很孤單，只是生病受傷的時候比較有感覺。」

「像現在這個時候嗎？」

「還好有妳陪我吃飯，我很開心。」

「我也一樣，跟你吃飯很愉快。」

我邊傻笑邊搔頭說：「是嗎？」

「是呀！」

「那個，除了我特別這點，還有沒有什麼別的看法？」我像是聽上癮，還想知道更多她對我的想法。

「你很想知道嗎？」

「想，很想，不對，是超想。」

「庫煒，你是個單純又天真的好人。」

「好、好人嗎？」似乎是個超好的評價。

「從你把酒醉的我帶回家，擔心我會有危險這一點來看，大概只有單純天真的人才辦得到。」

「為什麼？」

「因為在這個人人認為多一事不如少一事的社會，還能有像你這樣不怕麻煩，願意照顧他人的已經不多了。」

「是吧！當時酒醉的妳把我書包吐得整個都……」我停下，驚覺這話題又會帶到敏感的那天，「下次妳喝醉的時候，一定要有熟人陪在身邊照顧，那樣才安全。」

「放心，我不會再喝醉了。」

我想問她為什麼，結果她就自己先解答，「因為我暫時不想談戀愛了。」不想談戀愛？她這句話彷彿一顆震撼彈，那我怎麼辦？我想跟她談戀愛啊！我能說嗎？說我想跟她談戀愛。喔不能，我不能。

「那是妳還沒走出來。」我撐著笑容，想勸她不要想不開。

「庫煒，你懂什麼叫愛嗎？」

她突然問，我不知道怎麼回答，只能支吾。「愛……愛嗎？」

「當你曾經很愛一個人，而那個人卻變得不是當初那個樣子，你能了解嗎？庫煒，我不得不走出來了……」她給我一個很淒涼的笑。

「怎麼了嗎？」我瞬間因為她的話中有話感到不安。

「聽說他要動刀變性了，他不只是內在，連外在也一併要改變了。」

她說的不是笑話，但我當下卻很想笑。為什麼呢？趁我還沒笑出來，我趕緊問她，「暫時不想談戀愛的暫時是多久？」

「不知道。」她淡淡地說。

我終於知道我想笑的原因是什麼了，原來人徹底無奈到一個極點是會想笑的，我不懂為什麼小媛還要在意前男友該死的要不要變性，既然要走出情傷，那為什麼還回頭張望？甚至沒去想到要過得比前男友好。她大可以再談場戀愛，比前男友更加幸福。她是這麼漂亮善良，為什麼要為了渾蛋搞得像是尼姑在吃素？

「那是因為妳還沒遇到再次讓妳心動的人。」我試圖提醒她。

「庫煒，我不知道該怎麼再去相信自己會得到幸福。」

「相信很難嗎？」

我問她，她好像沒聽到似地接著說：「庫煒，你有夢想嗎？」

「我……我不知道。」說真的，我沒有認真想過這個問題，我還只是一個貪玩的年紀，跟同學聊的不是將來要做什麼，而是最近什麼遊戲好玩，什麼歌好聽，什麼電影好看，夢想什麼的，感覺就像是個承諾，說了就得去做、去負責，夢想這事對我來說太有抱負也太有負擔，某方面說來，是我不想去承受、不想去冒險，進而蛻變成長。她的問題頓時讓我深刻領悟到自己真的還只是個孩子，無憂無慮無夢想的高中生，我突然覺得有點沮喪。

好像看出我的沮喪，她安慰地說：「沒有夢想很好啊！那樣至少不會夢想落空。其實說了也不怕你笑，我的夢想就是到了適婚年齡嫁人，沒想到卻落空了。」

「這個夢想還是可以保留啊！再說人生又不會只有一個夢想，妳還有其他的可以去實現。」

「你說得沒錯，只是很可惜，我的另一個夢想也隨著我小弟離開一併消失了。」

「妳是指跟他一起開演奏會？」

「那不只是我跟他的夢想，同時也是我父母的期待，只是我們讓他們失望了。」

我突然不知道要講什麼，只是覺得人生好無奈。

「對不起，庫煒，我又講了一些不好的事，影響到原本愉快吃飯的心情。」

其實我想跟她說：「有關於妳的事，即使再不好我也會聽，因為我想知道有沒有我能幫得上忙的地方，能夠替妳帶走雨天，讓妳迎向快樂的大晴天。」結果我只轉移了話題說：「我還想再喝一碗湯，真的好好喝喔！」

「好啊！聽你這樣說，我也想再吃第二碗咖哩飯了，真的很好吃。」

「明天也可以再來吃喔！」

「不怕被我吃垮？」

「不怕，後天也可以再來吃喔！」

「這是你說的喔！」

「ＯＫ沒問題。」

然後我們再續碗時，她突然蹦出這句，「庫煒，你有沒有想過一件事？」

「什麼事？」

「如果你感到孤單了，為什麼不對你父母坦承？」

我當然知道她說的是什麼意思，她在鼓勵我對爸媽表達出自己的想法。但我說：

「反正現在有妳陪著也就不孤單啊！」

她笑了笑。

我反問她，「那小媛，妳有沒有想過一件事？」

「怎麼了？」

「如果妳不能相信自己會得到幸福，那就相信愛情吧！相信會再次帶給妳愛情帶給妳幸福的那個人。」

她愣了一下，淺淺笑著說：「其實啊！你還有一個特點就是人小鬼大。」

「人小鬼大是稱讚嗎？」

「是啊！」

「那人小鬼大有獎勵嗎？」

「有哇！玉米濃湯再一碗。」

我很驚訝地瞪大眼，她很滿意看到我吃驚的模樣，她說她被我逗樂了。我很想說跟她相處的每一分每一秒我都很快樂，她還不用逗我，我光看著她就樂了。

喔，還有熱，耳根子發熱。為什麼每見她一次我就有種腎上腺素激增的感覺？

我的三天病假很快就過完了，可惜的不是不能睡到自然醒，而是小媛找我去她家拿東西，跟我提了她要到香港出差這一件事。這代表我未來一個星期都見不到她，超不捨的！

「要去多久？」

「一個星期。」

我盡量不表現失望的模樣說：「只是一個星期嘛！」

「對啊！比起我之前的出差紀錄，這一次天數還算少。」

出差什麼的我不懂，感覺小媛是個獨立自主的女生，換作是我一個人隻身到國外出差，我的膽子肯定會嚇破掉。拜託，她可是比我多走了八年路，比我多吃了八年的鹽巴，當然具備相當的實力。但我心裡卻有股奇異的感覺，我總覺得，她越是厲害，我越是矮她一截，具體來說就是一種差距。

我不是很喜歡這種有差距的感覺，那會顯得我無知又不如人。為此，我心中偷偷埋下了沮喪，同時我又埋怨自己為什麼不能趕快長大，能有獨當一面的一天。

但我能說嗎？喔不能，我不能，我只能說：「回來要記得帶土產給我。」

「沒問題。」她笑著，「所以要麻煩你幫我照顧柯柯一個星期。」

「那有什麼問題。」

「不好意思喔庫煒，還把你叫過來，卻沒辦法載你跟柯柯回家，我明天一早要趕班機的時間，得趕快整理資料跟行李才行。」

「沒關係，妳忙妳的。」

「看你要不要休息一下再走。對了，冷凍庫裡有哈根達斯冰淇淋，喜歡的話你順便帶一個回家。」說完，她上樓開始整理行李。

「那我喜歡妳的話，可以順便把妳帶回家嗎？」我只能暗暗這麼想，根本沒那個膽子說，只說好，腳步很自然地走向沙發，一定要坐一會再回家的啊！能跟小媛處在同一個空間，即使不說話，我還是覺得很美好，光空氣就不一樣了。再說接下來七天都不能見到我的女神，我的天使，該死，好空虛。

接下來我做了一件小朋友不該輕易嘗試的事。我用自拍模式偷拍正專心整理衣物的小媛的側臉，然後我自己也入鏡。正要按下快門時，鏡頭裡登時出現小媛發現了的困惑表情。

我嚇得立刻把手機收起來。

「庫煒，你在偷拍我嗎？」

「我、我只是在測試手機畫素好不好。」

老天！人還是不要做虧心事比較好。

她打趣地說：「真的嗎？那你要不要順便說你站的這個位置採光好。」我想她的意思是說我離她離得這麼近，鬼才看不出來我在偷拍她。

我一臉尷尬，她又接著說了，「小男生都這麼喜歡偷拍漂亮的大姊姊嗎？」

「我只是……呃……對。」說完，我的臉馬上漲紅。

她忍不住笑了，「既然如此，那我們合拍一張吧！」她好大方地表示，我意外地獲得跟她合照的驚喜。

完了，今天晚上一定會興奮得睡不著覺。

然後小媛又回頭去整理衣物。我又繼續假裝電視很好看，貪圖地想多待在她身邊一會。

過了一下子，小媛探頭望著沙發上的我說：「對了，庫煒，我能不能再麻煩你一件事？」

「什麼事？妳說。」我抬頭看著站在夾層樓梯上的她。

「還有埋著周周的鳳仙花盆栽，我想麻煩你幫我一起照顧，我怕這一個星期都沒澆水，花會死掉。」

「ＯＫ，交給我。」

她不好意思地說：「我會不會太麻煩你？」

「當然不會。」她能把這些事託付給我，代表我是值得信賴的人，我高興都來不及了，還嫌什麼麻煩。

「那我就放心了，真的太謝謝你了。」

「謝什麼，妳有說要幫我帶名產，我幫妳也是應該的。」

後來，我一直待到要搭末班公車的時間，才很捨不得地跟她說我要去搭車了。

「庫煒等等，你等我一下。」小媛喊著，很匆忙地下樓，把魚缸拿到流理台。過一會，她拿著裝著柯柯的塑膠盒蓋出來，「這樣你比較好帶回去，只是要委屈柯柯一陣子。」我在想還好她想到這個貼心的法子，不然要我拿著魚缸上公車也很危險。

「柯柯會諒解的。」我說。她像是想到什麼又跑去廚房拿了一個塑膠袋，把放在陽台的鳳仙花裝進去。「差點就忘了埋著周周的鳳仙花了。」

結果我忍不住說：「真羨慕妳家的魚跟花。」

「我才羨慕你每天看起來都很快樂的樣子。」

「我可以分一些快樂給妳，真的。」

「謝謝你這麼大方。」

我有感而發地說：「答應我去香港要吃飽穿暖睡足喔！」

她愣了好一會，才笑著說：「沒想到我這趟出差還是有人惦記著我。」

我開玩笑地說：「當然啊！我會想念妳的廚藝，妳的食物，妳的現榨水果汁。」

「喔，原來你想的都是吃的。」

「當然啊！民以食為天。」我開懷大笑。

她也被我逗笑了，最後她說，等她回來再弄好吃的給我吃。

然後我一路上傻笑著回家。

沒想到一天之內得到了兩個驚喜，一個是我手機裡跟小媛合拍的照片，另一個是當我餵柯柯吃消夜時，發現柯柯肚裡累積了好多黑色便便，查了網路發現那不是大便而是柯柯有喜了，肚子裡面有很多待出生的小魚仔。

高興之餘，我索性用 Line 發了訊息給小媛。

「爆炸般的大驚喜，附上圖一張，柯柯肚裡黑黑的不是大便，而是有喜了，我們要當爸媽了。」

「這真的是大驚喜，沒想到真如你所說，牠們會留下快樂的紀念品。雖然周周已經死了。」

「周周很努力，真的，應該給牠一個愛的鼓勵。」

「嗯，太好了，庫煒，我們要一起迎接新生命了，真想趕快結束出差的行程，陪柯柯一起待產。」

「柯柯會等妳回來再生的，在那之前我會照顧好牠，別擔心。」

她傳給我一張比讚的圖，我回給她一張饅頭人比「耶」耍可愛的貼圖。

每天最開心的事，莫過於向小媛報告柯柯最新的情況，小媛也會跟我分享那幾天她在香港工作之餘吃了些什麼東西，拍了些什麼有趣的照片，只是這些照片裡都沒有小媛真人入鏡，有點遺憾就是了。

另一個遺憾是小媛從不跟我分享工作上的事，就算她說了我並不一定懂，但我只是希望我能更加了解她的全部，包括工作的那一面。

好吧！或許是我在計較我把生活上的小事糗事通通都跟她說了（除了我喜歡她這件事，但這好像不能隨便說出來，我要小心地、慢慢地、謹慎地說，因為我深怕出差錯）。拉回正題，我想說的是她對我有所保留令我有點難過就是了。

不過，我很快就被她要回來這件快樂的事給取代。

小媛回到台灣當晚，我就把柯柯帶回她家。小媛開門一見到我，立刻很熱情地說：「我回來了。」接著張開雙手要給我一個熱情的擁抱。第一時間我雖然愣了一下，但我馬上很興奮地張開雙手準備接招……咦，撲空，她直接掠過我，接走手上的柯柯，「我好想你，柯柯，真的變好大隻喔！圓滾滾的好可愛。」

「……」原來是我想太多。但如果我跟一條魚計較那就太小心眼了，哼！

「怎麼了庫煒，呆呆站著？」

原來她還意識到我的存在，我抱怨地說：「我以為妳眼裡只有柯柯。」

「庫煒，你是不是生氣了？」

「我沒有。」

「真的？」

「真的。」

「那你還站著做什麼，趕快坐下啊！」她拍拍沙發，一臉笑意，「剛剛那句我回來了是說給你聽的，這樣滿意了嗎？」

「還可以囉！」我馬上笑嘻嘻地坐到小媛身邊。雖然不是我好想你，而是我回來了，但沒魚蝦也好，我很容易滿足，真的。

「你覺得柯柯今天會生嗎？」

我和小媛看著重新放回魚缸裡的柯柯，一回到缸裡，牠用著笨重的泳姿游到水草下躲著。

「牠的肚子已經呈方形肚了，根據網路上的資訊，沒意外的話就快生了。」

「庫煒，我好期待也好興奮。」

「我也是。」看她這麼開心，我也覺得好得意，當初送魚給她療情傷真是送對了。

「對了，你吃晚餐了嗎？」

「沒關係，我晚點再吃。」老實說當我一看到小媛傳 Line 訊息說她到家了，比起解決肚子餓的問題，我更迫不及待想看到她。

「還是我去買鹹酥雞，順便慶祝柯柯要升格當媽了。」

「好是好，可是為什麼是鹹酥雞？」

「說真的，我去香港出差的第一天，不知道為什麼就好想念台灣的鹹酥雞，一直惦記著到現在。」

「好啊！在哪裡，我去買。」

「你去買嗎？可是那家鹹酥雞在昀庭家附近，你還要搭公車去太麻煩了，還是我去買，你在這等我比較快。」

「那一起去。」

她遲疑了一下，才明確地說：「好吧！那就一起去買。」

又是喜羊羊與灰太郎那頂安全帽。我在想，等我十八歲有了機車，我絕對不要再看到這一頂喜羊羊與灰太郎的安全帽了。

而我也終於知道為什麼我提議跟小媛一起去買鹽酥雞時她會遲疑，因為就怕遇到熟人。當我看到昀庭那一臉詫異我跟她表姊在一起的表情，我終於明白小媛的遲疑是種顧慮。

「你們……」昀庭嘴巴張得大大的，十分吃驚。

「哇塞……」小鍾則打趣地看著我們。

「好巧，你們也來買鹹酥雞。」小媛明快地說，但還是藏不住尷尬。

「表姊，你怎麼會跟啾庫ㄟ一起？」

我搶在小媛開口前說：「事實上是我送給小媛的魚要生了，我們為了慶祝所以一起來買鹹酥雞。」

「你叫我表姊小媛，那不就代表……」昀庭猜疑著，彷彿想通了，臉色一沉地說：「趁現在人還不算多，你們趕快排隊去買吧！」

說完，昀庭扭頭離開，小鍾在後頭追喊著，「謝昀庭，妳的鹹酥雞不要囉？老闆還在炸耶！」

我跟小媛互看一眼，雙雙陷入了沉默。

一直到我跟小媛買完鹹酥雞回到她家，小媛才淡淡地開口，「庫煒，我想昀庭誤會我們了，你要不要跟她解釋清楚呢？」

我想，最糟的不是昀庭生氣，而是小媛怕別人誤解我們是情侶。為什呢？難道只有我自己厚顏無恥不怕被誤會？

我苦澀地說：「我會跟她解釋清楚的。」

「那就好，我看得出來昀庭喜歡你。」她笑笑的。

壓抑住嘴裡那一句，「那又怎樣呢？我喜歡的人可是妳！」我只是說：「喔，是這樣嗎？」

「昀庭是個很可愛的女生，如果你也喜歡她，你可要好好保護她喔。」她對我眨眼笑。

第一次看到她這樣燦爛的笑容，卻只是為了把我推向另一個她。不說謊，我竟有種想哭的感覺。

「再說吧！」我說。

原本吃在嘴裡應該要很好吃的鹹酥雞，我卻有點食不知味了。

週末下午，昀庭約我在公園見面。

出奇靜謐的公園出奇安靜地可怕，正如同我現在的心情。我在想，昀庭會約我出來，肯定是為了昨晚那個巧遇。

果不其然，昀庭來勢洶洶，劈頭就問我，「為什麼不告訴我，你和我表姊已經熟到是可以一起去買鹹酥雞的關係了？」面對昀庭的逼問，我居然有點畏懼。

這我可以解釋，一方面是怕我說了跟小媛的交情，昀庭會間接聯想到我老早要拒絕她心意的事，二方面是我怕拒絕了昀庭的告白，可能會傷害到我們友誼。我知道這兩種說法有瑕疵，可完全出自於我不想傷害昀庭的前提。

明明這些話可以很溜地在我腦海裡跑，可是從嘴裡講出來卻成了，「……因為，因為我怕……」

「怕我傷心。」她幫我回答，「可見你還記得我喜歡你，但你的隱瞞比老實告訴我還讓人生氣！」

「……」我無話可說，理虧的是我。

「我真的很討厭這樣逼問你，可是不問你，我會很生氣很生氣……」說著說著，昀庭一副欲哭的表情。

我趕緊說：「妳想知道什麼，我都說，拜託妳不要哭。」

她才收起快要氣哭的臉，「妳跟我表姊是不是在一起了？」

「我沒有。」

「你騙人！」

「真的，她只把我當朋友。」

「所以是你單戀她？」

「對，我單戀她。」

「所以這是你不回應我告白的原因？」

「……嗯。」

結果昀庭還是哭了，我很矛盾，無論是隱瞞或坦白，她都會受傷。

過了好一會，她努力收拾起情緒說：「你真的很過分，竟然真的喜歡上我表姊，她是比我漂亮沒錯。」

聽出來這話裡的矛盾了嗎？難道，我喜歡上一個比她醜的女孩，她心情就會好一點嗎？

「其實這不是誰比較漂亮的問題，而是……我就那樣喜歡上妳表姊了，就像妳曾跟我說過的，忍不住地喜歡。」

昀庭吸吸鼻子說：「不是我想潑你冷水，我表姊不可能喜歡你。」

我有點錯愕，雖然我傷了昀庭的心，但也沒必要詛咒我未開花的戀情吧？

「為什麼不可能？」我不服。

「我表姊不可能跟一個小她八歲的人交往。」她斷言。

我有點嘔氣，「你又不是她，憑什麼幫她做決定？」

她突然地說：「我只是不想你跟我一樣失戀了難過。」

「……」我啞口無言，有誰會喜歡失戀的感覺？讓昀庭難過了是我不對，可是我就是無法克制喜歡小媛的心情。

「你知道嗎？曾經有一個條件不錯的男生在追表姊，結果被表姊拒絕了，理由是她不想跟年紀比她小的男生交往，而那個男生不過小表姊幾個月而已。」

聽到這，我心都涼了一半。不過我很快振作起來，說不定這只是昀庭勸退我的計謀，笨蛋才上當，我信心滿滿地說：「不一樣，我跟那個人不一樣。」

「哪裡不一樣，對，你差了八歲所以特別不一樣。」

如果我聽不出來她的話是在挑釁，我就是超級大白痴！

「謝昀庭！」我吼她。

「幹麼啦！」她吼回來。

「我一定會追到你表姊。」我信誓旦旦說。

「你不會。」

「我會。」

「你不會。」

「我會。」

「你才不會！」她氣得跺腳了。

「那就打賭啊！」我也氣得搬出這套來輸贏。

「好，賭就賭。」她倒是很痛快答應。

「那要賭什麼？」我剛才話說得太快太滿，根本沒想到後果。

「要是追不到我表姊，你就要剃光頭！」她眼眶裡頂著眼淚，好惡毒地說。

光頭？那不是要我的命嗎？我無法想像我這一頭帥氣頭髮變成光頭的模樣。

「怎麼樣？你不敢嗎？」她瞪著我。

「這是什麼爛賭注，妳根本是挾怨報復。」

「傷害一個很喜歡你的女孩的心，你本來就要贖罪。」她把眼淚全數擦乾，想以堅強來面對她的心傷。

一股抱歉的心情油然而生，我很歉疚地說：「其實，拒絕妳，我很抱歉。」

她愣了一下，「不要以為道歉就可以了事，你告白失敗了光頭還是要照理。」

我害怕地說：「能不能不要光頭，最多平頭。」

她嘖了一聲，「你還想討價還價？」

「難道妳不知道光是理平頭這舉動就要去掉我半條命了嗎？」

我可是啾庫ㄟ，大家口中的酷哥，昀庭明明知道我有帥哥包袱，卻還如此狠心，專攻我弱點。

她白了我一眼，「好，那就平頭，不能再便宜你了。」

「那這場賭局妳不用拿出賭本嗎？萬一我告白成功，妳要怎麼樣？」

「我為什麼要拿出賭本，是你先要跟我打賭，再說，我本來就不信你能成功。」

我有沒有說過昀庭很聰明，聰明到很會算計。

假使每個人都很會算計生活，那就是生活中的智慧王。
換言之，如果每個人都很會算計愛情，那麼地球上就不會有這麼多人傷心。
而我兩種都不是，我只是憑著傻勁去喜歡，等待那個她把我放在心上。
如此而已。

柯柯生出小魚仔，已經是兩天後的事了。
總共四十二條小魚仔，讓原本空曠的魚缸瞬間變得很熱鬧。我和小媛感動著孔雀魚的生命力，同時也驚訝著牠們繁衍後代的能力。
我只能說，上天堂的周周真是好樣的，一次就讓柯柯擁有四十二條魚寶寶。
她興奮中帶著遺憾的口吻說：「魚仔們好可愛，可惜等牠們再長大一點，魚缸就會太擁擠。」
我很自然地說：「還是再去買一個更大的魚缸？」
「不用了，庫煒，買這麼多個魚缸，以後不養的話會很浪費。」
「說的也是，那還是分送給人？」

「是個方法沒錯，可是我捨不得。」

「不然？」

她突然想到什麼地說：「啊！不然你覺得把牠們送回我爸媽家好不好？」

「妳爸媽家？」難道是未來的岳父岳母家？

「記得我爸前陣子跟我說他接收了朋友家的水族箱，他正打算養些魚，要不然，我打電話問一下我爸爸，看他決定養什麼魚了沒有，如果沒有，這些魚仔們就給我爸爸養。」

然後，她就打了電話給她爸，接著決定這週末回台中老家。想當然我不能放過見一見未來岳父岳母的機會，我厚臉皮地提出要跟她回老家的要求，小媛看在我愛護魚仔、關心魚仔們的分上，才答應讓我跟著去。

到了週末，魚仔們被裝在昆蟲箱裡恣意優游著，完全不知道要個換新環境，一起和我們搭高鐵南下。

她的父母一見我們到來，立刻熱情地招待我這個客人。他們看起來很困惑我年紀怎麼這麼輕，小媛向他們解釋我只是昀庭的同學，也是送他們家魚的主人，他們才豁然開朗，要我多住一天，好在台中玩一玩。

在吃飯時，柯媽媽還會幫小媛挾菜。雖然柯爸爸話不多，但柯爸爸看著她的眼神裡充滿著無聲的關愛。

我這才明白她有對好父母，而且她的父母來頭也不小，柯爸爸是音樂家，柯媽媽則是國小老師。難怪小媛身上有一種氣質特別吸引人，廚藝和賢慧應該是遺傳到柯媽媽，至於那文藝少女一般的氣息應該就是遺傳自柯爸了，如果撇開我第一次見到小媛喝得醉醺醺哭得稀里嘩啦完全脫序那模樣不說，她有十足吸引人的魅力，至少我就被她深深吸引了。

後來小媛被柯媽叫去共享母女時間，我想她們應該會逛很久的街、聊很多的天，我和柯爸則一起泡茶聽古典樂，雖然這種泡茶聽古典樂的搭配有點怪，不過音樂人果然就是音樂人，連泡茶聽的音樂都跟別人不一樣，只是不知道為什麼，跟柯爸獨處我不禁有點小緊張。

「你今年幾歲了？」

「十七，快十八了。」

「你喜歡音樂嗎？」

「喜歡，很喜歡。」只是我沒說我這個喜歡指的是聽流行音樂。

「有興趣學小提琴嗎？」柯爸突然問。

我困惑，「呃……」這問題太讓我矛盾了，我要是說沒興趣肯定會馬上降低柯爸對我的好感，可萬一我說有興趣卻被發現我連五線譜都看不懂，豈不是很漏氣？「我不知道，但會拉的話應該很帥。」

柯爸沒有再說話，我以為是我哪裡說錯話，柯爸起身離開，結果過一會兒他從房間拿出一個提琴箱，坐回我面前，「差不多在你這個年紀的時候，我小兒子跟你說過一樣的話。」然後柯爸就把小提琴拿出來擦拭，「這把提琴好久沒說話了。」

「那可以讓它說說話。」

他露出一個遺憾的笑容，「可惜我小兒子過世了。」

雖然我早知道小嫒的小弟因車禍過世了，但我打算裝作不知道。有誰會希望別人知道他最親愛的家人離開了，「我……覺得很可惜也很遺憾。」

柯爸語帶無奈地說：「只是我們嫒嫒不拉琴了，我一直想保留著弟弟的提琴，希望有一天嫒嫒能夠再次讓它揚起樂聲。可是這孩子似乎打算一輩子都不碰提琴了，我想，是弟弟的過世讓她遭受了打擊與自責。」

好意外柯爸跟我這外人吐露心事，我除了有點受寵若驚，還有點不知所云，不曉得該怎麼回應他的話，顯然這話題有點悲傷。

我只是很簡單地想，「我想再過一陣子，說不定她會再次拿起小提琴。」

柯爸給我一個不置可否的笑容，「我在想，如果你有興趣的話，這把小提琴就送給你了。」

我嚇得張大嘴，「送給我？」

「是啊！你不是很喜歡音樂嗎？」

我愣了一下，我喜歡音樂並不代表我會去學樂器啊柯爸，但我能說嗎？喔不能，我不能。

後來柯爸拿出ＤＶ８讓我看見十八歲的柯博昇和二十歲的柯博媛，當時小媛就已經是個小氣質美人，她和弟弟一起拉著提琴，小媛拉提琴好聽極了，尤其是她那一臉認真，時而帶著笑容的模樣，加上隨著音樂起伏擺動的飄逸長髮，我都看呆了。

還是柯爸要我把口水擦一擦，我才意識過來自己膽子好像太大了，竟然敢在人家爸爸面前對著她寶貝女兒的影片流口水。

「好有才華喔！他們。」我笑嘻嘻的，差點被柯爸瞪我的眼光嚇死。

「那，要不要加入有才華行列？」柯爸說得很認真，我聽起來卻像個玩笑話，提琴手，我嗎？

最後我的選擇是收下小提琴。

為什呢？難道我是想學成之後拿著小提琴去把妹，抑或學成後跟小媛來個二重奏？以上都不是，不過那樣好像也不錯。總之，當柯爸引頸期盼我能收下提琴時，我心裡就有譜了，如果能讓小媛再度拾起拉提琴的熱情，我也算是不枉柯爸柯媽熱情招待我吃一頓山珍海味。掌廚的當然是小媛跟柯媽，當她們端出牛排跟大閘蟹這兩道菜時，我差點被這陣仗給嚇死，成本未免下得太重了。

台中人果然如大家所說好熱情好大方，這天晚上我吃得好撐好撐，以致於晚上都十二點了我還睡不著覺。除了肚子好撐還好熱。沒錯，冷氣壞了，我借住的是小媛弟弟的房間，柯爸表示大概是冷氣太久沒用了，柯媽雖然拿來了電風扇，可是吹久了竟變成熱風，我索性跑去庭院吹吹自然風。

沒想到遇見了半夜睡不著覺坐在台階望著星空的小媛。

「妳怎麼還沒睡？」

「我在想一些事情。」

「要說來聽聽嗎？」

「不是什麼有趣的事。」

「是很重要的事嗎？」

「它很重要沒錯，只是我需要一個人慢慢地想，只要想通了就好了。」

即使我很好奇，我也不會逼她說出不想講的心事，所以我自己先轉移話題，「今天柯爸把妳小弟的提琴送給我了。」

「我知道，我爸跟我說了。」

「妳不介意嗎？」

「我當然不介意，那樣很好，總比擺著好。」

「我還看到了妳以前拉提琴的影片，只是後來妳好像不拉提琴了，那妳的那把提琴呢？」

「我丟了。」

我吃驚地說：「丟了？」

「其實是我把它送給隔壁鄰居了。」

「為什麼不留著？」

「因為當我一看到提琴就會想起小弟。」

「妳這麼討厭想起妳弟嗎？」

「不是，是我太想他了，因為太想，又無法再看到他，所以會心痛。」

後來這話題沒有繼續，我們只是安靜地一同仰望著星空。

因為想起會悲傷而不去想，那有沒有一種可能，透過想這個動作永遠記住它原先最快樂的一面，有一種說法，叫做懷念。

對，懷念，聰明如我。

為了勾起小媛的懷念，我打著如意算盤地說：「妳覺得我能學好提琴嗎？」

「當然可以。」

「那妳可以當我的提琴老師嗎？」

「庫煒，你……」她被我這提議嚇到。

「如果妳能教我，我就不用花一筆錢去找老師了。」

「可是我很久沒拉提琴，很生疏了。」

「拜託了，柯老師。」

「庫煒，我看你還是花一筆錢去找專業的老師吧！」

「妳就教我吧！比起我一天都沒學過，已經學了好幾年的妳專業太多了。」

她為難地說：「可是還是請更專業的來教你比較好。」

「妳就教我吧！看在我這麼誠心誠意拜託妳的分上。」

「可是……」

「妳就教我吧！不然看在我這麼好學的分上，嗯？」

「可是……」

「妳就教我吧！當作幫我這個朋友的忙，不行嗎？」

「可是……」

「妳就不要再可是了，不然妳說妳要我上哪找一位像妳這麼漂亮的女老師？」

然後，她賞了我一巴掌，我嚇了好大一跳，摸著臉頰，一臉莫名其妙地看著她，

難道這句話構成性騷擾嗎？可是我記得我沒有偷吃她豆腐啊！

結果她把手攤開來給我看，「有蚊子。」

我安心地笑出聲，她也跟著笑。

「我還以為我做錯了什麼事。」

「難道你做錯了什麼事？」她反問。

我趕緊澄清，「沒有，我沒有。」

「好吧！我答應教你。」

她突然答應，我感到很驚喜。「真的嗎？」

「不過，最後那一個也算是理由嗎？」

我猜指的是我問她要上哪找像她這麼漂亮的女老師那句。

「對，這很重要。」

她露出甜死人不償命的微笑，還把瀑布一般的柔順長髮聚攏向頸邊擺放。好誘人的畫面和髮香味，完了，我今晚大概又要失眠了。

顯然我把學小提琴這事想得太過簡單。

我以為小提琴只要用左手拿起，靠在脖子跟肩膀上就行，結果不然，小提琴必須夾在左手、左肩和下巴之間，不小心就會擠出一層雙下巴，完全沒有帥氣可言。

我很快被這不符合人體工學的姿勢搞到「歪腰」，笑不出來。

只有小媛笑得出來，說我用力夾琴的表情很像便祕。我不在乎我那像便祕很久的表情，能不經意把小媛逗笑才是最要緊的事。

可是我愛面子，還是會偷偷地在睡前拿著提琴對鏡子調整老半天，能帥誰想一張便祕臉？但要帥還真不容易，不信自己拿把提琴試試，隨便就能帥得起來我跟你姓。

好不容易我就那樣便祕了一個星期，才適應這夾琴的姿勢，我以為那樣就能拉提琴，小媛卻告訴我接下來要學持弓。不就是拿一支琴弓嗎？如果那樣想就太天真了，由於持弓手勢正確度很重要，光學持弓我又經過一番努力，甚至連那樣的話也說了。

「報告老師，妳能不能不要這麼著重拿弓的技巧？」

「不行喔同學，小提琴初期正確的姿勢與技法非常重要呢！」她微笑。

我試探地說：「放水一點都不行？」

「不行，錯誤的姿勢會讓你不舒服甚至有可能受傷。」

「我現在就不舒服了。」

「什麼？」她瞪大了杏眼，一副她有沒有聽錯的樣子。

「沒有，沒有。」我很「俗辣」地改口。

「而技法更是一旦習慣了就改不回來，這就是為什麼一直要讓你事先把姿勢學好。」她很認真地叮嚀。

「放水不行，那放我去上廁所總該行了吧？」

「行，你要大還小？」

她突然地問，我愣住，「……小。」

「OK，十秒鐘後回來繼續練習。」她甜甜交代。

十秒？這秒數是怎麼算出來的？在那笑容背後，隱藏著魔鬼無誤。

就在我內心想著幹麼要自作自受、自討苦吃，假借學提琴之名想喚醒小媛對音樂的熱情，正感到遙不可及想放棄時，終於嚐到學提琴以來第一個甜頭。

我的手指始終擺放不到準確的位置，小媛實在看不下去，抓著我的手指挪到正確位置上。當小媛一碰到我的手，不騙你，像觸電一般，我立刻酥麻了。真希望她永遠不要放開我的手。

只是想歸想，她還是得放開我的手，那樣才能確認有沒有確實到位。

她還教我如何施力按弦等技巧，當然也有那樣的時候，我故意擺錯位置，小媛就會動手矯正我，只要一錯她就伸手來矯正，只要一錯她就伸手過來。有這樣親密接觸的好機會，我可是怎麼錯也錯不膩，只是錯久了，就會被看穿。

「周庫煒，你再這麼不認真學習，我就不教你了。」

小媛氣嘟嘟地直呼我全名，可見她真的生氣了。我嚇得立刻皮繃緊，不敢再和她開玩笑。

終於，學完夾琴跟持弓，我終於可以開始運功了，呵呵呵！

不是，是運弓。

小鍾那渾蛋，還說了要給我鐵牛運功散，真當我在少林寺嗎？要不要乾脆給我十八銅人行氣散比較快。他還要我別拉得像殺雞殺豬殺羊般難聽，衝著他這句話，我要殺「生」時第一個就先找他，讓他知道我魔音傳腦的厲害，哈哈！

只是，爬過了一座山還有另一座，呼。

小媛給我的小提琴教本是一個叫篠崎弘嗣的人寫的，而這位偉人已逝世，但他出的教科書依然受到世人愛戴，對受用無窮的後人來說，他無非是個偉大的音樂家。

小媛從A弦開始教起我，就是拉Ra、Si、Do、Re這幾個音。為了方便我辨認位置，好貼心的她還在我的指板上貼上透明膠帶。

這天，她教我認完A弦就結束，我回家後的第一個心得就是脖子瘦得快斷掉，再來就是左手手指好痛。對從沒練過弦樂器的我來說，左手不習慣壓弦，才壓了幾下手指就呈現爆炸性的痛。

這像是酷刑一般的自我虐待不知道要持續到什麼時候？

「等你練到長出繭，手就不痛了。」小媛好貼心地替我解惑。

「看來還沒爬過這座山前，我可有一番苦頭吃。」

「什麼爬山？」

「學音樂不就是爬過了一座山再爬另一座。」

她忍不住笑，「好有趣的見解，不過也差不多是了。」

「我能問妳當初為什麼會想學小提琴？」

「你不覺得會音樂的人看起來都閃閃發亮嗎？」

喔喔喔！沒想到她也有這麼可愛的一面，光這個可愛的回答，我就覺得其實她靈魂中有個十七歲少女，配我這個十七歲少年剛剛好。

「當然也有一部分是因為我爸爸是音樂老師，在長期耳濡目染之下，自然對音樂產生興趣。」

「原來如此，可見父母對孩子產生的影響很大。」

「那換我問你，你又為什麼要學小提琴？」

當然是要喚回她當初學提琴的熱情，不要因為親人逝世而不願再拉她最愛的小提琴。與其逼自己不去想念，倒不如盡情地用音樂當作懷念的方式。但，我能說嗎？喔不能，我不能。

小媛那一臉期待，想聽我說出什麼壯志般的答案，「小星星……」我能想到的就是這首簡單的歌了。

「什麼？」

「我想學〈小星星〉這首歌。」

我以為她會笑我，結果她卻表示讚賞，「學〈小星星〉很好啊！我第一首拉的曲也是小星星，那可是世界名曲呢！」

「是嗎？」還好我剛剛沒說小蜜蜂，不然就嗡嗡嗡了。

後來小媛把教會我拉〈小星星〉為目標，當然不是只要會而是也要好聽，當我在Youtube看到一些拉〈小星星〉的影片，我就知道為什麼不只要會也要好聽的道理。

然後呢？然後我整個暑假都在學小星星，我甚至連在夢裡都在唱小星星，連在麥當勞吃漢堡也有小朋友在我旁邊唱小星星……再這樣下去，我乾脆讓自己變猩猩就不用再小星星了，嘿嘿！

好吧！顯然我中〈小星星〉的毒太深都語無倫次了，我很確定我應該離瘋掉不遠了，呃，不是，是對〈小星星〉這首曲專精的日子不遠了。

有種說法叫連鎖效應。

是指一種因素的變化引起了一系列相關因素的連帶反應。如因素A的變化引起了因素B的變化，而因素B的變化又引起了因素C的變化等等。

而我始終沒把〈小星星〉這首曲拉好，連帶地沒引發小媛拾起對於小提琴的熱忱，這對我產生打擊與受挫的連帶影響。在某個層面來說，我還是太弱了，如果我能把琴拉得好一點、帥一點、有魅力一點，她就能被我吸引，燃起熱情了。

「那你不會帶她去看一場專業的演奏會？」昀庭突然提供方法。

這答案讓我感到振奮地說：「對耶！妳怎麼這麼聰明？」

「是你太笨！」小鍾逮到機會大作文章地說：「還要怪你這一整個暑假見色忘友，暑假都快過完了才想起我們，少在失意的時候假裝很需要朋友。」

「幹麼這樣？友誼才是世界上最永恆的東西。」

「少來！」昀庭跟小鍾異口同聲地說，還白了我一眼。

「別這樣，你們不要生我的氣了，嗯？」

「不可能。」他們再度異口同聲。

「我跟你們道歉，不要跟我計較了，嗯？」

「不可能。」第三度異口同聲，哪招？

「不然吃包心粉圓的錢我出，如何？」

「你說的。」兩人這才笑嘻嘻跟我和解。

小鍾邊吃邊佔便宜，「不要以為你用一碗包心粉圓就可以打發我們。」

「鍾國凱！」通常昀庭直呼小鍾全名時，代表她準備要仗義執言了。

我等著看昀庭替我罵死他。

「幹麼！妳又想阻止我坑啾庫ㄟ？」

小鍾這傢伙，什麼叫阻止，朋友本來就不該這樣坑，除非是你情我願。

「阻止什麼，啾庫ㄟ至少還要再請我們看一場電影這樣。」昀庭好開朗地說。

傻眼，我差點把包心粉圓噴出來。

「哇，真是good idea！妳真是變明智囉！」小鍾對昀庭豎起大拇指。

我看著滿臉得意的昀庭，昀庭淪陷了，以前她很常站在我這邊挺我，小鍾還為此幼稚地跟我生悶氣吃醋，但自從我拒絕昀庭的告白後，她好像不那樣挺我了，反而跟小鍾很合拍，站在同一陣線，把我當成主要敵人。

「請你們看電影是可以，不過我有個條件。」我也不是省油的燈。

「什麼條件？」小鍾困惑。

「我今天講的這些事都不能讓小媛知道，我只想用自己的方式來幫助她。」我有所顧忌地說，不希望小媛知道我這些舉動，萬一沒幫上忙反而造成反效果，我心臟可是承受不了小媛的討厭。

「所以呢？」小鍾不以為然。

「特別是昀庭妳，妳跟妳表姊這麼好，應該什麼都聊吧？」我暗示她別多嘴。

「聊啊！不過我才沒有你這麼無聊！又這麼笨！」昀庭瞪我。

「幹麼又罵我笨？」

「還不懂嗎？昀庭要是去跟她表姊講那些事，不就間接幫妳在她表姊面前增加好感度。」

「是喔。」我豁然開朗地傻笑。

「唉！你果真是有長相沒長腦啊！」

我無言。

「知錯的話，順便再來個爆米花和可樂吧！」

「吃屎啦！」我說這話時，昀庭又對我露出銳利的眼神，我立刻改口，「爆米花和可樂我只請昀庭一個人。」

昀庭對我笑，接著說：「啾庫ㄟ，你別以為用爆米花跟可樂就可以撫平我受傷的心，我等著看，到時你告白失敗了，頭照理知道嗎？」

我，「……」

看完了不算難看也不算好看的電影，我等不及回家，就在電影院裡的休憩椅上用手機查最近有沒有小提琴演奏會，恰巧查到一位小提琴家王彼德的獨奏會剛好在這週末，於是我毫不考慮購入了人生中首次的兩張音樂會門票。

小鍾的反應便是，「幹，超智障，你還真買音樂會的票？」小鍾吃驚之餘，還拉著一旁的昀庭準備笑話我，「這傻子真的買票，打算帶妳表姊去看小提琴演奏耶！」

昀庭淡淡地說：「不奇怪，打從他喜歡上我表姊那一刻開始，沒什麼事能比得上他接下來所做的事更奇怪更傻了。」

我一把火！

「你們懂什麼？我只是想替小媛賭一個夢想，賭一個可以讓她通往更美好更適合她的人生道路。」我好有抱負地說，這樣的滿腔熱血，不是一般人可以懂的。

「是是是，愛情真偉大。」小鍾說完這句看似讚賞我的話，又靠北地加了一句，「你有沒有想過，當你經過這麼一番努力，甚至連她的未來都列入關心，萬一最後的結果卻是她沒有喜歡你，你要怎麼辦？」

我要怎麼辦？當下腦中竟然是一片空白。

我大可罵小鍾一番，說他烏鴉嘴，但我假裝沒聽見這個問題，其實，內心早已有了答案。

如果她不喜歡我，我絕對會心酸到說不出話來。

但在這之前，我會先揍小鍾一頓，為什麼呢？

因為他媽的什麼爛問題害我失眠了。

我開口約小媛一起去聽音樂會時，她很驚訝。

我問她為什麼驚訝？但內心不禁想著，她會不會覺得我成熟有內涵像個大人。想著想著，我臉上不禁得意地笑了起來。

而小媛的回答卻是，一個毛頭小子懂得欣賞文藝表演，頗令她刮目相看。她還提到幾個月前我要求她當我的小提琴指導老師，她已經覺得很不可思議，現在居然還要找她去看音樂會。雖然她不知道我怎麼突然有這種想法，不過她樂意接受我這個有趣的提議。

好吧！顯然她沒提到我有內涵也沒說我像個大人。

如果她不要加毛頭小子這四個字，我會更開心，真的。

音樂會這天，小媛穿著一身粉色洋裝、粉色小外套、粉色高跟鞋，完全就是一個甜到心坎裡。繼上次她當表哥婚禮伴娘時那套一身純白如天使的洋裝，這是第二次她在我面前穿洋裝。我只想傻笑，因為太美了，美得讓人感到開心。

她很訝異我穿T袖短褲，我也很訝異我為什麼不能穿T袖短褲，小媛只告訴我，穿著得體才是對表演者的尊重。說真的，當下我有點尷尬，因為我不知道聽音樂會還有服裝禮儀這件事。相較我的隨便不尊重，對比小媛的隆重端莊，我頓時臉紅羞愧地抬不起頭。

小媛大概發現我羞到沒臉說話，入席後，她就一直環顧四周，想找話題跟我聊。過一會，她靠在我耳邊悄聲說我至少沒像後排那位大叔還穿著背心和人字拖，然後我就被她這番話給安慰了。

我會對小媛一直越來越著迷，不外乎就是她人美心腸更美。

台上伴奏者就位後，過不久，王彼德手持一把小提琴、身穿一身黑西裝登場，在舞台中央擺起了姿勢，預告音樂會的開始。當他拉下第一個音，我就知道這不是只有會拉〈小星星〉的我比得過的深厚功力，太悅耳太動聽了，台下每個人都聽得如痴如醉，包括小媛。

一場音樂會下來，小媛緊盯著台上的彼德，半句話都沒有跟我說，甚至一個眼神交流都沒有，她只是很專注沉浸在王彼德的小提琴聲裡。或許是我音樂素養不夠，所以我還是會分心，分心地去注視著她，期待在她眼裡或表情裡，看出她漸漸找回對小提琴的熱情與信心。

演奏結束，所有人給彼德熱烈的掌聲，彼德向台下觀眾鞠躬道謝後離開，台下觀眾也紛紛散場。我和小媛正準備離場時，一個男生前來搭訕。

不知道為什麼，看到比我帥又有型的男生出現在小媛面前，我會立刻像要保護主人的忠犬般，對眼前的他產生最高敵意，只差沒吠叫。

「請問妳是柯博媛嗎？」

他一開口，我就覺得案情不單純，居然知道小媛的名字。

「你是？」

「你忘了嗎？我是蕭均耀，當年住在你們家隔壁。」

「蕭均耀？」小媛一臉沒有印象的表情。

我暗暗鬆了口氣，同時也在心底訕笑，會被小媛忘記的鄰居，肯定交情好不到哪裡去，還敢說自己叫蕭均耀，我看他乾脆改叫沒人要。

「沒想到妳對我這麼沒印象，那總記得妳把小提琴送給我那件事吧？」他搬出大絕，我和小媛同時震住，沒想到事隔多年，這傢伙居然會跟小媛在音樂廳上相逢？

「喔，原來你就是……對不起，我不知道你叫均耀，我只知道你們家姓蕭。」

既然他們有這層緣分，我更是提高警覺度，甚至暗暗地打量沒人要。雖然他身高比我高，但再過一陣子我就能高他一等。他鬍子留得帥氣有型，等我留起鬍子八成比他更有型。他身上散發成熟的男人味，但年輕的我絕對更有發展空間。

看來是不分軒輊嘛！我充滿鬥志，再來啊！

「不知道妳待會有空嗎？我有足夠的時間可以讓妳記起我這個鄰居。」

等等，這聽起來像是明目張膽的搭訕。居然、竟敢，在我這隻忠犬面前對我主人發動攻勢，我忍不住朝他吠了第一聲。「沒空，我們待會還要去別的地方。」

「這位是……妳弟弟嗎？」他這才注意到我的存在。

「她看起來年紀有這麼大，我看起來年紀有那麼小嗎？」我立刻反擊。

「媛媛看起來就像高中生般年輕，但你看起來就像是個就讀國中生的弟弟。」

可惡！國中生，這傢伙是在說笑嗎？是想逼我上前咬他兩口嗎？

「我早就國中畢業了，而且我不是她弟。」我提高音量，擺明不爽。

「不然你是？」他疑惑。

「庫煒是我表妹的朋友。」

小媛搶先說，我差點吐血，至少……至少……最起碼應該要介紹我們是朋友啊！

我瞬間被削弱了戰鬥力。

然後沒人要對我露出勝利般的微笑，「原來是表妹的朋友啊！那還是弟弟囉！」

要不是小媛提議先離開演奏廳到外頭再聊，不然我當場就衝過去咬爛他！

去你個弟弟！渾蛋！

這晚，為了這突如其來的相逢，我們站在音樂廳外頭吹風聊過往。其實，只有我像局外人一樣被晾在一旁，不過我是自願這樣做的，因為忠犬就是要堅守在主人身邊，預防外人心懷不軌。

「那妳還繼續拉琴嗎？」沒人要問。

「沒有，已經很久沒拉了。」

「是嗎？好可惜，妳的小提琴拉得很好呢！」

我唯一認同並讚賞的，就是沒人要說的這句「好可惜」。

「你怎麼知道我拉得好？」

「當年妳在妳家拉提琴時，我每次經過妳家都會聽到，因為太好聽了，我有時候還會特地站在妳家門口偷聽。」

這變態沒人要，當年居然能親耳聽到小媛拉提琴，真是太幸運了。

小媛先是愣住，接著感到不可思議地問：「你說真的還假的？」

「真的，只是後來很意外妳會把提琴送給我，但如果不是妳當初把提琴送我，我現在也不會成為小提琴家。」說完，沒人要像變魔術一般變出一張音樂會門票，「這是我獨奏會的票，如果妳肯來看，我會比任何人來看我都感到開心有成就感。」

我倒抽一口氣的原因不是沒人要這麼深藏不露，而是小媛臉上帶著微笑，同意收下那張沒人要給的票券。這代表什麼？我不願多想。

後來沒人要又拉著小媛說了好多話，包括他如何把小媛當成目標在學習小提琴，又是如何到了國外去進修音樂。因為她當初的影響，造就了他今日的成就，他很感謝小媛當初把小提琴送給他，就像是送給了他一個夢想，他覺得能跟她相逢是上帝的安排，不但向小媛要了電話號碼，甚至還邀請小媛去Pub喝一杯。

「可是庫煒……」喔不！顯然小媛動心了，不然她不會這麼問。去你的上帝安排，如果我看不出來他是在把小媛，我就是宇宙超級大白痴！

「嘿，要一起去嗎？」沒人要表示大方地問我。

「我嗎？」

「可是去那裡你會很無聊喔！」沒人要又說。

「為什麼會無聊？」

「你應該知道未滿十八歲的小朋友不能喝酒吧！隨便喝酒的話，可是會被警察抓走喔！」他帶著狡獪的笑容說。

我以為我會狠狠揍他一拳，結果我卻轉身離開。為什麼？我不想因為他的挑釁而失控，讓小媛難堪，所以在怒氣消退之前，我應該先走一步。

我還能聽見小媛對著沒人要說幹麼要開我這種玩笑，沒人要卻回說這個年紀的小孩不都很有幽默感嗎？

我的幽默感才不會用在他這個渾蛋身上，至少不會是在情敵身上。

只是，沒想到小媛沒跟他走，反倒是追上我的腳步，突然有種感動，也有種衝動想回頭對被拋下的沒人要做鬼臉，以表勝利之姿。但我忍住了，這麼做，會被小媛看穿我的幼稚。

「庫煒，你是不是生氣了？」

「我沒有。」

「真的？」

「真的。」

「沒生氣的話，那你怎麼不等我，自己先走？」

「剛剛是剛剛，但我現在不生氣了。」

「為什麼？」她不解。

「因為妳追上我了。」我笑。

「什麼啊！這是你的幽默感嗎？」她笑。我猜她是在笑我的幼稚，不過我無所謂，只要她肯在我身邊而不是在沒人要旁邊，我就不會覺得自己很渺小。

一起坐上捷運時，我問她，「妳會去他的獨奏會嗎？」

「如果工作不忙的話再看看囉！」

關於這點我真的很坦白，「我不喜歡他。」

「如果是剛剛他跟你開的玩笑話，你不要放在心上。」

「我覺得不好笑，能當大人的話誰想當屁孩？」

小媛會心一笑，「每個人都有那樣想的時候，等真正當了大人之後又會想著，能當屁孩的話誰還想當死大人。」

我被她逗笑了，死大人這說法是她發明的嗎？我只聽過死小孩耶！不過我喜歡她這樣解讀。「妳還喜歡今天的音樂會嗎？」我問她。

「嗯，很喜歡，好久沒有這種親臨現場的感動了。」

「妳看得可忘我了，連一秒都沒正眼瞧我呢！」

「是嗎？我在想，為什麼他可以拉得這麼動聽迷人，全身彷彿在閃閃發光。」

「妳也可以啊！」

她搖搖頭，「如果我可以，早就可以了。」

「現在重新開始也不遲啊！」

「光是放掉的這些時間，久得足以讓我忘掉當初的熱情與衝勁。」

我猜她是指因為小弟過世而放棄學小提琴的這些年。

「那妳還記得以前學小提琴的快樂嗎？」

「我當然記得。」

「那就對啦！只有快樂才不會被人忘記，既然會讓妳感到快樂，那妳為什麼不繼續這麼做？」

她只對我笑，接著說：「庫煒，你知道嗎？我很羨慕你的單純和天真，只管快樂，那樣真的很好。」

「既然妳也認同，我就可以提問囉！」

「你想知道什麼？」

「妳可有考慮重新拿起小提琴？」

「喔，庫煒，我不知道，我真的不知道。」

她的不知道讓我瞬間期望落空，但同時也讓我懂了一些事。

「如果妳還是因為妳弟的關係，就這麼放棄夢想的話，就我的角度想，沒有任何一個人可以隨便阻止另一個人追求夢想，除非妳不想，不然沒有任何人能阻止，再說妳弟根本就沒有叫妳不要繼續拉小提琴。」

說完，我有點嚇到自己竟然會說這種話，簡直超有內涵的啊！

而小嫒的反應卻是，「……」

直接呆住不講話，是哪招啊？

我試圖喚醒她，「妳還好吧？」

「庫煒，你知道嗎？或許我從現在開始會好好考慮你所說的。」下捷運前，小嫒最後這麼說。

我想，她說會考慮，代表是好的開始吧！

知道嗎？如果妳能把我列入男朋友的考慮範圍，那樣會更好！

在那之後過沒多久，小嫒重新拿起了小提琴。

我一點都不驚訝，真的。我期盼那麼久，就是希望她這麼做。

我應該為此感到萬分高興，為達到目的開心不已，但唯獨她重新拾起小提琴的動力來源令我不悅。

起因是有一天沒人要約她一起去孤兒院當義工，拉提琴給小朋友聽。她說，當小朋友聽到她拉豆豆龍時好開心，他們天真可愛的笑容，讓她想起弟弟還小的時候，她拉豆豆龍給弟弟聽，弟弟開心的模樣。她突然覺得自己想起弟弟時不那麼悲傷了，反而很享受音樂帶給她心靈上的富裕和療癒。

其實我想跟她說她很偏心，沒人要這麼輕易就能讓她拿起提琴，而我費了九牛二虎之力還是徒勞無功，我很難接受這樣的差別待遇。但我能說嗎？喔不能，我不能，我唯一能做的就是由衷替她感到開心。

她問我想不想看她拉小提琴，我點點頭說想看得要死，她說在那之前，她要帶我去一個好地方。

我一直沒機會看到她在我面前拉小提琴，就連前幾個月她在指導我小提琴時，也從來沒那樣拉琴給我看過，唯一看到她拉小提琴的畫面，是柯爸上次放給我看的那支影片。

我沒想到，有機會看到她拉小提琴，居然是在沒人要發起的聚會上，一群愛好音樂的人，像營火晚會般圍著圈，有男有女，有台灣人有外國人，有大提琴有小提琴有長笛有豎笛有小號還有法國號，儼然像個管樂團，每個人拿著自己拿手的樂器，合奏著一曲曲動人樂章，從《龍貓》的〈散步〉、《魔女宅急便》的〈魔女的季節〉，再到《天空之城》的〈載著你〉，最後是《貓的報恩》中的〈幻化成風〉，一連串好聽又令人難忘的音樂。

這一群人在我眼裡，就像小媛說的，他們身上彷彿閃閃發光，當他們在表演時，我很高興自己能夠看到這麼棒的演出，同時也覺得有夢想的人原來是這麼帥氣逼人，這麼令人稱羨，反觀沒有夢想的自己，我為此感到有些煩惱，顯然擁有夢想能讓人生過得更有意義。

「庫煒，你在想什麼？」

要是我沒有拿著三明治發呆，小媛大概不會察覺我有心事。

「我在想，有夢想真好。」

「有一天，你也會找到自己的夢想。」

「是嗎？」

「當然，我保證。」

我不自覺地說：「那我的夢想裡會有妳嗎？」

「庫煒，你在說笑嗎？夢想就是夢想，你的夢想怎麼可能會有我呢！」她笑。

她不懂我的認真，我的夢想其實很簡單，只要妳能牢牢把我放在心上就好，那樣我就不會因為單戀而寂寞心酸了。

只是，我能說嗎？喔不能，我不能。說了她八成會覺得我幼稚，重點是我也不敢說，別看我這樣，我可是很害羞的。

小媛去裝飲料喝的時候，沒人要突然過來找我攀談。

「上次開你玩笑讓你生氣了，我很抱歉。」

唉唷，囂張沒人要居然會跟我道歉，說實在我不原諒他都不行了。

我故作瀟灑，「無所謂，過去就算了。」

「不知道大哥還滿意今天的音樂和今天的餐點嗎？」

「什麼大哥？」

「你不是不喜歡人家叫你小弟，所以現在開始我喊你大哥。」

這什麼爛幽默感，可是我不討厭。

「餐點就普普囉！但是音樂一級棒。」

「大哥，真是有眼光。」

「好說好說。」

「你是喜歡她的吧？」他突然轉了個大彎說。

「啊？」

「博媛呀！」

「你怎麼知道？」

「很明顯啊！」

「哪裡明顯？」

「眼睛。」

「啊？」

「當你喜歡一個人，你的眼神就會一直停留在她身上。」

我不禁感嘆，「你真內行。」

「我可是過來人。」

「難不成你也暗戀小媛？」

「從前沒有。」

「這話是什麼意思？」我不安地思索著。

「現在我是你情敵了。」他表明。

「……」

「不要點點，說點話嘛！」

「……」太過震驚，我一時無法自己。

「你不說話我很難接下去。」

我回過神來，「你是在開玩笑嗎？」

我原本只是把他當作假想情敵，現在他要弄假成真，單憑年紀才華戰鬥力，他遠居於我之上。拿大老二來說，如果他是黑桃大老二，我大概只到梅花七，除非我有另外三張七，湊成鐵支，否則這不用旁觀者看，我自己這個當事人就很明白，我根本勝算不大。

「我像是在開玩笑嗎？這種事情是不能開玩笑的。」

這比賽明顯不公平啊！評審。

「那，所以咧？」

「我們公平競爭吧！小子。」

「為什麼是我？」我指的是他把我當情敵這件事。

「因為你看起來最好贏啊！」他很過分地說。

我一時氣憤，「我會讓你知道什麼叫有眼不識阿里山。」說完，我自己愣了一下，沒人要早笑到抱著肚子只差沒跪在地上。

「笑、笑死我了，什麼阿里山。」

「笑屁啊！是口誤，口誤，我要說的是有眼不識泰山。」

好一會兒，他才收起笑臉換上一本正經，一手搭上我的肩說：「加油吧你！」

我把他的手撥開，接著好大口氣地說：「該擔心的人是你自己。」

該來的還是會來，情敵，是世界上最可憎的東西。

萬一他比你更具優勢，那就更令人崩潰了。

知道嗎？我唯一慶幸的一點就是我年輕，正所謂初生之犢不畏虎，在我崩潰之前，我會先讓沒人要駕崩。

然後我讓他駕崩了嗎？還沒有，在那之前我要先把我的情書寫好。

喔，不是你想的那種情書，是國文課老師要我們用寫情書的方式寫文章給自己喜歡的人，上至阿公阿嬤爸爸媽媽，下至弟弟妹妹，甚至家裡的阿貓阿狗，只要是有生命的並且是你很喜歡的對象，目的是作為了解自己喜歡的人對自己而言有多麼重要。

於是我把對小媛的愛意源源不絕地寫在我的稿紙上。我生平第一封情書就這麼出去了，我費了好大的力氣才沒讓小鍾偷看得逞。然後，一個星期後的今天，我的作文拿到人生中第一個高分。

老師在稿紙上頭用紅筆寫著，「充滿情感的文筆令人動容，有喜歡的人固然很好，但這個年紀的學生就該專注在課業上，知道嗎？」

我不服老師這套年紀小不能談戀愛的說法，於是我拿起原子筆在老師寫的評語旁邊叛逆地寫下，「知道個屁，感覺是不能控制的！」

如果早知道這封情書會被老師當場回收回去，我就不會這麼大膽跟老師作對了，下午我被老師廣播叫去辦公室的時候，小鍾也不會一副心知肚明笑得當場岔氣，接連大砲昀庭也知道了，最後是全班都知道了這件事，小鍾那個大嘴巴！

老師只是把我叫去唸了幾句，老師說還好我沒寫到髒話，不然她一定給我扣分外加一支警告。

後來小鍾說：「你知道你最精采的不是那些肉麻到靠杯的情話，而是你超有種嗆老師那句『知道個屁』。」

「幹，你真的超沒良心，明知道我會被老師罵，還故意把我的作文收走，我連塗立可白的機會都沒有。」

小鍾裝無辜地說：「拜託，我也只是想替你向老師傳達心聲而已。」

「把這件事情弄到全班都知道，你真的嘴巴很臭又很大。」

「喂，我讓你一夕之間變成班上的傳奇人物不好嗎？」

「不用，收起你那張虛偽的臉，你根本只是想看好戲而已。」

他一副「啊被你發現了」的神態，「你果真沒讓我失望。」小鍾讚嘆地拍了拍我的肩。

我眉一挑，「為了公平起見，我也想知道你情書寫了什麼。」

他露出狡詐地笑，「沒機會了，已經被老師收走了。」

「是嗎？」我立刻去翻他的抽屜，小鍾還來不及阻止，我就翻到小鍾的草稿。

哈哈，知小鍾者，莫若我也。

「愛情就像是一個突來的噴嚏，說來就來，而妳就是那個感覺，來得如此凶猛如此厲害，妳讓我的身心受到了愛的虐待，我不甘只當妳生命中的過客，一擤就掉，我希望能成為妳手中的衛生紙，至少幫了妳，至少留下了珍貴的回憶。」讀完，我笑到一個不行。

「幹，你超沒品的，沒經我的允許就偷翻我抽屜還擅自唸了我的草稿。」小鍾把稿紙搶回來時，臉上表情很複雜，除了憤怒之外還有那微微的害羞。

為此，我只有一個疑問：「所以你是衛生紙，昀庭是鼻涕嗎？」

「不，她是那個感覺。」

「所以第四次是要寫這種屁話跟昀庭告白？」

「不，完全是寫自爽的，我才要問你那文謅謅的情書是不是要寫給她？」

我連忙說：「才沒有。」那多不好意思啊！

「你果然還是太嫩，情書不交出去的話就不叫情書了。」

「情書就是情書啊！為什麼一定要給對方才算情書，不然你說沒交出去的不叫情書那叫啥？」

「那叫孬種沒用膽子小。」

我笑他，「那你就是了。」卻忘了自己也是五十步笑百步。

「少笑我，等你被拒絕了三次，你還有膽子再跟我說。再說，最後一次的告白，我要珍惜著用。」

「那你打算什麼時候把這最後一次用掉？」

「什麼時候啊？」小鍾突然大叫了一聲，「啊，我想到一個好主意了。」

「什麼主意？」

「我們可以弄個時空膠囊。」

聽到時空膠囊，我連忙阻止他，「你這不是在抄襲我的野蠻女友嗎？」

「抄襲個屁，那一部是男女主角相約埋下信物，我們埋下的不是彼此的信物啊！是情書啊！」

「所以咧？」

「二十年後我們再一起挖出來交給她們。」

「幹，到那時候，她們早就結婚生子了。」我第一次真的覺得小鍾是個白痴。

「那十年。」

「還不是一樣。」我瞪他。

「那三年？」

「為什麼是三年？」我困惑。

「因為二十歲有投票權還可以辦信用卡。」

「靠，你爛死了。」

「哪裡爛？虧我能想到這個主意，簡直太有才了，說好了，等老師登記好分數發回來，我們就去埋情書。」

我不懂這跟有才有什麼直接關係，「才不要！」我馬上拒絕，不為什麼，就是感覺很蠢。

「不要就是沒小鳥。」

「我有。」

「沒圖沒真相，除非掏出來。」

「幹，你變態喔！」

「不然一起埋情書啊？」

「你是不會埋自己的喔？」

「那多無聊啊！一起做一件無聊的事才會顯得好玩啊！」

結果我就接受了小鍾的提議。沒什麼，就是感覺他可憐。

喔，對了，老師在小鍾的情書上評語著，「鍾同學，你好好的人不當，只想當衛生紙會不會太可惜？」

我又是一個笑到不行。

那天，放學後我跟小鍾特意待在教室等到整個學校沒人了，我才和小鍾來到操場附近第五棵榕樹下，埋下三年後我們要給她們的時空情書。

埋好後我問小鍾，不用再寫一張更感人肺腑的情書嗎？小鍾說不用，他想不到更好的詞來表達自己的心了，我又問他，不用塗掉老師上頭的評語沒關係嗎？他反問我為什麼自己不先塗掉，我跟他說沒有必要，因為那些話很重要，我指的是我回老師那句感覺是不能控制的。小鍾笑嘻嘻地說，他不但沒想把老師的評語塗掉，他還學我加上了自己的評語。我問他寫了什麼，他說老子就想當衛生紙，如果你懂我有多麼被你需要，被你需要，才是我存在的價值。

在這個時候我才知道一個道理：愛情可以讓人變傻，同時也可以讓人變得可愛，雖然小鍾長得跟可愛沾不上邊。

能跟小媛一起去游泳，是我夢寐以求的事。

為了這天，我已經興奮了好幾個晚上睡不好，重新買過蛙鏡和泳褲不說，我還勤練伏地挺身跟仰臥起坐，為了有健美的身形。但顯然只練幾天是沒用的，腹部依然是靜悄悄的一塊。

不過沒關係，至少我還個高腿長，不算太差。

到了赴約這天，我才發現不僅沒人要來了，小鍾跟昀庭也都來了，只有我像個傻瓜一樣還以為她只約我一人。

我預想中的歡樂戲水畫面沒了，瞬間泳池變成了我跟沒人要的戰場。從走出更衣間開始，他已經先用身上六塊肌給我下馬威了。再往下半身看去，他穿著三角泳褲露出結實的大腿，跟我穿著四角泳褲稚嫩的模樣有明顯的差異，可惡，這傢伙遠比我想像中還具威脅啊！

不過沒關係，據說人類遇到危機時越是能激發原始潛能。我趕緊挺起胸膛，裝作沒被他嚇到，至少氣勢上不可以輸給他。

沒人要倒是先開口，「大哥，沒忘記我們要競爭這回事吧？」

「我當然沒忘。」

「既然小媛也把你約來了，不如來場比賽？」

「要比什麼？」

「就比跳水、游得快和水中憋氣吧！」

「好耶！」

那句好耶是一旁幸災樂禍的小鍾說的，我的回答才是這個，「……」

見我沒說話，沒人要一邊挑眉，一邊嘴角洩漏了笑意，「有困難嗎？」

他若以為我看不出那笑容意味著恥笑，那我就是瞎眼了，「有什麼困難，我隨時奉陪。」人是激不得的。

「輸的人要在泳池中間大跳二十秒騎馬舞。」這建議不是沒人要提的，也不是我提的，這主意是小鍾那該死的傢伙提的。

週末是泳池人最多的時候，也是年齡層遍布最廣的時候，萬一輸了，跳起了騎馬舞，我光想像那畫面就覺得毛骨悚然，小鍾這傢伙根本不是在幫我而是在害我。

「我沒意見。」他毫不猶豫。

沒人要都這麼說了，我還不跟著下注，不就代表我是「俗辣」嗎？「我也沒意見，那贏的人有什麼獎賞？」

「贏的人可以一整天都待在小媛身邊，輸的則是一整天要離小媛兩公尺以上，怎麼樣，敢不敢？」

這不就代表他想跟小媛獨處嗎？沒想到沒人要比我想像中還奸詐邪惡。

我心想，有三次機會，不可能都輸，「好，賭就賭！」

小鍾自告奮勇要當裁判，我反倒覺得，讓小鍾來當裁判有失公平，不是小鍾會放水，而是小鍾極有可能為了看好戲出賣我。

當然這是男人私底下的較勁，我和沒人要還是要裝作和睦相處，一起在游泳池畔等著小媛她們出來。當小媛穿著比基尼泳裝走出來時，她身後的整個背景彷彿都模糊了，我只看得見小媛一個人。我終於知道這萬惡游泳池的魅力了，因為這裡總是能讓你看到不該看和最想看的。

最想看的，我想不到除了小媛之外的第二人選了，不知道該怎麼形容眼前的美好，我忍住不流口水了但還是忍不住傻笑。

「哇，博媛妳好適合穿比基尼，身材超好的。」

「是嗎？謝謝，均耀的身材也不賴。」

「周庫煒！」

我在想為什麼小媛穿泳裝的樣子如此迷人？

「周庫煒！」

我在想為什麼之前都沒想到要約小媛來游泳？

「周庠煒！」

我在想為什麼……

嘩啦！還來不及反應，我已經掉進泳池裡。

我狼狽地回到岸上時，大家已經笑成一片，包括小媛。

唉！真丟人。

「是哪個不長眼的推我？」

「是我怎樣？誰叫你看我表姊看得神魂顛倒？」

嚇，「我有嗎？」

昀庭跟小鍾一鼻孔出氣地說：「你有！」

「不然，不看妳表姊，難道要看妳？」

昀庭連忙遮住自己，「你這個變……」

昀庭還沒說完話，小鍾擋在她面前搶著說：「變態！不准你用有色眼睛看昀庭。」

「好好好，我只是開玩笑。」

「欸，不是我在說，你未免太不積極了吧？」昀庭突然冒出這句。

「就是說啊，不趁現在去跟她說個幾句話，待會還有機會嗎你？」

「少在那邊烏鴉嘴！」

然後我就走過去跟小媛打了個招呼，立刻紅著臉走回來。小鍾說他快笑死，只說嗨算什麼幾句話，他根本就不懂，現在這個情況我很難近距離跟小媛講話。昀庭說沒想到我也會害羞，我很想跟她說，只穿連身泳裝的她是不會了解我在害羞什麼的，可是我不敢說，怕說了又要再被推進泳池裡一次。

後來小媛跟昀庭一起相約去水療，我跟沒人要的比賽就此開始！

熱身完，我們決定先在池邊比賽跳水，沒人要以標準動作入水，博得了一旁婆媽的讚賞，小鍾要我自求多福，我不甘示弱決定來個不一樣的，當我助跑準備飛身下水的那一刻，救生員朝我吹哨子說嚴禁跳水。但來不及了，我已經帥氣地飛起來嚇到狼狽地撲進水裡，不僅輸了比賽，還被救生員罵了一頓。

接著比賽誰在最短的時間內游完一趟，小鍾喊預備還沒喊完開始，我就先偷跑，用我拿手的蛙式急速前進。然後當我抵達終點，才發現沒人要早就坐在池邊等我了，我難以置信，偷跑竟然還可以輸？小鍾笑我，說沒人要的自由式比我的蛙式快多了，我早該想到只會游蛙式的我勝算不大，但我忘了這回事。

如果以為我輸了前面兩項，最後這一項就會乾脆自暴自棄，簡直就是太小看我了。古人說：「人可以沒有傲氣，但不能沒有骨氣。」至少，至少也要贏一場，才不會被看扁了。結果沒人要居然加碼，只要我贏了這一場就算我贏，於是我無論如何都要跟他拚了。

我同時間跟沒人要一起將臉埋進水裡進行憋氣，閉氣時，我只想著小媛，想著一定要贏這一場比賽，想著小媛跟我一起待在池邊對我微笑的模樣，想著小媛知道我為她這麼拚命的樣子一定很感動，想著是不是該趁沒人要行動前先去向小媛告白，想著想著感覺快沒氣了，想著沒人要是不是起來了，想著想著感覺頭暈暈的，然後……

臉好像被人賞巴掌一樣好痛，等我恢復意識，睜開眼的時候，我才發現小媛那一臉擔心到快哭的表情，手還不停對躺著毫無招架能力的我施展降龍十八掌，直到我開口說：「奇怪我不是在水裡嗎？」她才停止打我，反而笑了。

「太好了，你沒事了。」一切都來得太突然了，包括小媛這個喜極而泣的擁抱，天啊！這是第一次她穿這麼少擁抱我，我就算沒有腦充血也快噴鼻血了。

「水裡？你差點就去閻羅王那裡了！」

我抬頭往旁邊一看，原來是小鍾，他也一臉快哭的表情，大家是怎麼了？

「周庫煒你這個大白痴，玩什麼憋氣遊戲，你差點就死掉了你知道嗎？大白痴！」昀庭氣呼呼抓著我的肩膀搖晃，當下我覺得我快吐了。

「還好是我發現你不對勁，趕緊跟救生員合力把你救起來，我說只是個比賽而已，不需要連生命都賭上吧？」

沒人要還好意思說，要不是他太強，我會需要這麼拚命？

「那結果是誰贏？」

「周庫煒！」這還是第一次有四個人同時生氣地喊我名字。

「好啦！當我沒說。」

大概是我剛才給大家上演了一齣生死一瞬間，大家玩水的興致都沒了，結果就是草草結束玩水行程回家去。

最後我也不知道到底是誰贏了這場比賽，沒人要只是好神祕地跟我說晚一點會在Line發訊息給我。我猜應該是我差點就溺斃在池裡這事，不管是誰輸誰贏，在泳池中央跳騎馬舞也沒什麼意義了。

小媛堅持載我回家時，她還不忘問我到底跟均耀打了什麼賭，為什麼我要這麼認真看待輸贏，我能跟她說如果我贏了就能待在她身邊獨賞她穿比基尼的樣子嗎？喔不能，我不能，說了大概會被罵變態無聊幼稚。

小媛要我愛惜自己的生命，不要讓愛我的人傷心。我在想，她是那其中一個愛我的人嗎？她驅車離去前，很認真地跟我說還好我沒事，不然她不知道怎麼跟我爸媽交代。因為我是獨生子嗎？不過我比較想聽到她說會為我傷心。

好吧！不管怎麼樣，小媛是除了我姑姑和我父母外，最關心我的人了。

回到家，我獨自一人的時候，我突然意識到小媛在泳池的那個擁抱有多麼充滿感動和感謝，她感謝我回來，沒有被死神帶走，意識到這點，害怕失去生命的後座力才接踵而來。萬一我死了，就再也見不到心愛的小媛了。萬一我死了，就沒機會跟小媛告白了。萬一我要是死了，不就什麼都沒有了。

我突然想通把握當下、愛要即時的道理，接著沒人要發來了一則訊息。

「放心吧！大哥，我不會跟你搶博媛，其實我早就有一個漂亮的女朋友了，呵！我只是覺得你好玩才逗你，看到你，好像看到從前青澀的自己。我很好奇你什麼時候準備跟博媛表白？不過你既然為了她，都能差點把自己給溺死，連死都不怕了，你應該是有種去告白吧！」

「所以從頭到尾你都在耍我是嗎？」

「怎麼說耍這麼難聽？我是在跟你玩。」

「……一點都不好玩。」

「什麼時候去告白？」

我打趣地說：「等你跟你女朋友分手我就去告白。」

他回我，「XXX。」

「XXX是什麼意思？」

「自己去解讀。」

「那你到底什麼時候要跟你女友分手？」

「那你到底什麼時候要去跟博媛告白？」

「就說等你跟女友分手嘛！」

「那你不怕我跟我女友分手然後去追博媛嗎？」

「XXXXX。」

「XXXXX是什麼意思？」

「換你自己去解讀，不過我保證不會給你這個機會去追小媛的！」

打完這些話，我更加確定愛情是不等人的。

我立刻撥了通電話給小媛，說好明天見面，有一件重要的事想跟她說。

她說明天可能要加班，不知道要到幾點，我說沒關係，我會等到她來為止。

我拿著花束，站在噴水池旁，從晚上七點開始等待，等到人潮逐漸變少，等到天空飄下了雨，等到店家準備打烊了，還是不見小媛蹤影。

顯然我被放鴿子了。

我傳了訊息問小媛是不是工作太忙，忙到忘了赴約。

結果她回我，「抱歉，庫煒，其實我去了，只是後來就走了。」

「妳怎麼來了卻沒叫我？」

她已讀卻沒立即回我，我一直盯著手機，那小小不安瞬間在我心裡擴大。

「庫煒，我們能不能只做朋友？」十幾分鐘後她這麼說。

我難以置信眼睛所看到的文字，又重看了這行話好幾遍，我才確定心開始陣痛了。我太想忽視心痛的感覺，所以我又回傳，「妳又知道我在想什麼？」

「庫煒，其實我一直都知道你是喜歡我的，不然你不會為我做這麼多。我看到你手中拿著花束，我更加確定你是想跟我表白。」

「這就是妳來了，可是不想叫我的原因？」

躲在暗處觀察我，妳好方便逃跑，讓我像個傻瓜一樣痴痴等著妳。

「我很抱歉，庫煒。」

「可是我為妳做這麼多，妳也沒有感動到可以接受我。」

「庫煒，你應該知道我剛結束上一段感情不久。」

「這我知道，可是我有信心，可以讓妳加速忘了上一段戀情帶來的傷痛。」

「庫煒，你要知道你才十七歲，而我已經二十五歲了。」

「那又如何？年齡才不是問題。」

「對我而言就是個問題。」

「如果妳是嫌我幼稚，我可以成熟，如果妳是嫌我年紀小，我明年就滿十八了，如果妳是嫌我長得稚氣，我可以留鬍子也可以穿得成熟點，如果妳……」

「庫煒，事情不是你想像中那樣簡單，如果我們真的交往了，你要怎麼去面對同儕的眼光，如果我們真的交往了，你要怎麼跟你爸媽說你喜歡上的是一個大你八歲的女生？」

「我才不管別人怎麼想，只要妳也同樣喜歡我。」

「庫煒，你能不能理智點？」

「愛情本來就是不理智的。」

「但你也得顧慮到現實，你有好好想過我剛提到的那些問題嗎？」

「這些我都可以試著克服，只要妳肯給我一個機會。」

「對不起，庫煒。」

「我不想聽妳說對不起，妳並沒有對不起我，該說對不起的人是我，是我出生得太慢，是我認識妳太晚，是我太遜，沒辦法讓妳喜歡上我。」

「庫煒，這怎麼會是你的錯，不是你的錯。」

我就像溺水的人急於抓住浮板求生。「難道妳對我沒有任何一點心動的感覺？」

「庫煒，那只是喜歡不是愛啊！」

「有什麼差別？喜歡久了就能變成愛了。」

她已讀卻沒回，結果我等不及她回傳，又丟出這句，「我們試都還沒試，為什麼妳連個機會都不給我？」

「庫煒，不是我不相信你，而是我沒辦法……」

看到這裡，我早就視線模糊，不知道該怎麼打字，不知道該怎麼回答，也不知道該怎麼面對我失戀的事實，最直接的反應就是一個勁地哭，哭到眼淚鼻涕都混在一塊也不在意，反正家裡也沒人可以安慰我。

我只想知道那個沒辦法是代表什麼意思，是代表她沒辦法姊弟戀，還是隱含著她沒有那個勇氣？我想問她，可是我沒有那個力氣問。

妳不知道的是，我早接受妳大我八歲的事實。妳不知道的是，我打從遇見妳的那一天開始，我就知道妳將是我生命中的全部。妳不知道的是，我只想不顧一切保護妳呵護妳。妳不知道的是，妳對我而言是多麼重要的初戀。妳不知道的是，當看見妳拒絕我的訊息，我有多麼悲傷和難過。

妳不會知道，喔妳不會知道。

當我愛上妳那一刻，我是鼓起多大的勇氣。

小鍾說這是值得慶祝的一件事，我不懂，我已經傷心得要死了，他卻拿我失戀這事當作好事要來慶祝，而且昀庭說她也要參一腳。

放學後我們三個人一同到ＫＴＶ，其實我是被他們拖去的，他們流行歌一首唱過一首，只有我坐在角落，他們明明唱的是high歌，我卻有種想哭的感覺，原來這就是小媛當初失戀時的心情。更何況她是遭到愛情背叛，我在想，一定是我對她不夠好，不夠好到她可以轉頭信任身邊的我能帶給她幸福，因為我年紀小，不值得她信賴。想著想著我眼淚不禁流下來，趁小鍾和昀庭沒有發現，我裝作若無其事地跑去包廂內的廁所擦眼淚。

等我出來時，他們竟然把兩支麥克風丟給我，說要聽我唱〈雙截棍〉，我哪有那個鬼心情，結果我還是唱了到了副歌，我唱著史上最沒力的哼哼哈兮，小鍾看不下去，搶回麥克風自己唱，我又窩回角落發呆。

然後他們就這麼歡唱了兩小時，儘管這中間他們很賣力想逗我笑，小鍾甚至還扭腰擺臀耍噁，但我就是嘴角僵硬得笑不出來，最後離開KTV時，他們又拖著我去麵攤吃麵。

「喂，啾庫ㄟ，你真的一點也不酷耶！失戀就失戀，不要臉悲到像是家裡走掉了一個人一樣。」昀庭說這話的時候我有點驚訝，這不就是當初小鍾失戀時我跟他開的玩笑話嗎？可見這世界上真的有報應這回事。

「既然不想看我這張臉，你們也不必要強拉我慶祝什麼鬼失戀。」

「拜託喔兄弟，在場的哪個人沒有失戀過，你騙我們沒失戀過喔？」

「是啊！」我苦笑，誰沒失戀過，昀庭拒絕了小鍾，而我拒絕了昀庭，最後是小媛拒絕了我。

沒有一個人是幸福的，我想，但這也算是不幸中的小幸，至少還有人陪著我一起失戀。

「失戀就代表會遇到下一個更好的人啊！」小鍾說。

「那如果遇不到下一個更好的人怎麼辦？」我問他。

「那就繼續愛著那個人啊！」小鍾說這話時不是看著我，而是看著昀庭。

「奇怪耶！你講這句話的時候盯著我看幹麼？」

「妳才奇怪吧！妳不看我，哪知道我會在看妳？」

然後，這兩個人就在我面前吵架，不知道為什麼看著他們吵架，我突然心情好一點了。

他們堅持送我回家，我是失戀又不是失智，最後實在是拗不過他們，他們不僅送我回家，還在我家喝起飲料吃起餅乾像開同樂會一樣。趁昀庭去二樓上廁所時，小鍾一臉正經地看著我，我實在受不了他有話想說卻不快放的樣子。

「你到底有什麼話想講？」

「我是說，假如……」

「假如什麼？」

「假如我答應你可以跟昀庭交往怎麼樣？」

我先是震驚再來就是飆他一句，「靠北，你是在說什麼鬼？」

「你想想看與其大家失戀了都不快樂，倒不如你跟昀庭在一塊，昀庭快樂，你也能從失戀中再次得到幸福，這樣不是兩全其美。」

「你是喝飲料喝到醉了喔！你不是最愛昀庭的嗎？」

「拜託喔！世上又不是只有一種愛叫佔有，有另一種愛叫成全，能讓對方得到幸福快樂，才是最重要的。」他點點頭，「當你很愛那個人的時候。」

我對於他的大方倒是感到相當納悶，「你確定你不是生病了？」

「我當然沒有，你想想看，你是我的好哥兒們，我信任你可以讓昀庭幸福，但有一個條件就是你們不能在我面前太過親密，不然我會受不了。」

「我聽你說這話才會受不了吧！鍾國凱！」昀庭不知何時靜悄悄下樓來，我跟小鍾都嚇了一大跳。

「啊妳是鬼喔！走路怎麼都沒聲音？」

「誰說你可以把我當東西，還用讓的喔？」昀庭氣呼呼。

「喂，我是為妳好，現在正是趁虛而入最好的時機。」

這兩個人，完全把我當空氣，在我面前竟然講起這種話來了。

「少來！我才不需要。」

「妳明明就需要，妳以為我看不出來妳還喜歡著啾庫ㄟ？」

「還喜歡又不代表未來會一直喜歡。」

「不然妳又要喜歡誰？」

「我喜歡誰干你什麼事啊！」

結果他們又莫名其妙地在我面前吵起來，我在上樓前只對他們交代離開前要幫我把門鎖好，然後我就去房間睡了。

只有睡覺不傷心，我想。

好不容易躺到要睡著了，手機傳出 Line 的訊息提示音。

自然反應拿起來看，是昀庭跟小鍾。

「啾庫ㄟ，雖然我知道你很傷心，但是說好的平頭呢？」

「啾庫ㄟ，我很期待你平頭的模樣，酷斃囉！」

看到這兩封訊息，誰還睡得著？

隔天一早我就去理髮廳將頭髮理成平頭，當頭髮落下時，我竟然沒有一點點心疼，有的是心痛。因為告白失敗，我那可以拿來耍帥的頭髮也沒意義了，再也不用費心去整理，也不用擔心風會吹亂我的造型。

我的初戀就這麼隨著被剃掉的頭髮離開了。

星期一到班上時，大家都對我的平頭造型感到詫異，還有人笑我是不是準備去當兵，只有啾庫ㄟ跟昀庭跳出來幫我講話，說這是現下最流行的髮型他們懂什麼。大砲嗆小鍾怎麼也不去剪一顆，小鍾那大嘴巴居然說溜我失戀的事。然後帥哥也會失戀這事在班上傳得沸沸揚揚，說真的，有那麼一瞬間我想把小鍾給掐死。

整整一個月，我就算不去想我失戀了，班上的那些幼稚傢伙總是會有意無意地隨口提起，一次又一次把我的心當標靶射穿。

小鍾跟我掛保證說這是以毒攻毒，相信我會好得快。

然後我跟他說去你個香蕉的以毒攻毒，他突然就說要買香蕉給我吃，因為失戀要吃香蕉皮，結果我就揍他一拳了。

那一拳，我被記了個警告，小鍾整整好幾天不找我講話，班上的同學也不再拿我失戀這事開玩笑了。後來小鍾跟我說他不爽的不是挨我一拳，而是老師只記了我一支警告，好歹他也是靠臉吃飯的。

小鍾才發現我會笑了，我也才發現我能笑了。

或許以毒攻毒有效，只是如果小媛沒有傳訊息給我說要見上一面，就更有效了。

再見上一面，我該用什麼表情面對她？

笑臉？哭臉？若無其事的臉？

最後我選擇若無其事的笑臉。畢竟我還是不想讓她壓力太大，在她拒絕我之後。

「嗨！」我盡量表現得輕鬆，心裡還是有點緊張，為什麼呢？因為我還沒從喜歡她的情緒中脫離，拜託喔！

小媛一見到我，忍不住驚訝，「庫煒，你的頭髮？」

我尷尬地邊笑邊撫著慢慢留長的平頭說：「很奇怪嗎？」

「剛開始看有點不習慣，不過看久了感覺很清爽。」

「是嗎？」

「可是你怎麼會突然想把頭髮剃短？」

我能跟她說，因為我和昀庭打賭，告白失敗就要理平頭，而她就是那個害我變成平頭的凶手嗎？喔不能，我不能。

況且我也不能怪她，要怪就得怪自己太有信心，以為她對我好那就是愛。

「……就天氣太熱。」我裝傻。

「那就好，不然我以為……」

我又裝傻，「不然妳以為什麼？」以為我剃頭髮，只是為了要跟過去說再見。

「沒事。」她笑笑地說。

「對了，妳找我出來想跟我說什麼？」

她說到了目的地再跟我說，然後我們就一起到了松山機場的觀景台。

「我老早就想來這看飛機了，只是一直沒有時間，出社會後不是忙著工作就是忙著談戀愛。」

「忙著工作忙著……談戀愛？」我複誦她的話。

「嗯，只是沒想到戀愛沒談成，工作卻漸漸佔滿了我的生活。」

「妳知道，如果妳累了，其實我可以陪妳走走，不管妳想去哪裡。」

「喔庫煒，不要對我說這種話，我會對你感到很抱歉。」

「為什麼要抱歉？妳要知道，被妳拒絕是一碼事，關心妳又是另一碼事，我不會因為被妳拒絕就停止對妳的關心，因為我們是朋友，不是嗎？」

「謝謝你，庫煒，你是朋友當中對我最好的一個。」

「那當然，我是一個會為朋友掏心掏肺的人。」

「不過你這掏心掏肺只侷限於女生朋友吧？」

我感到不好意思說：「因為女生比較需要照顧啊！」

「庫煒，你是一個好男生，將來你也會遇到一個很棒的女生。」她突然很認真地看著我。

「……真的嗎？那她會不會像妳這樣漂亮？」我如果不開些玩笑，我怕她的那些話會讓我眼睛開始起霧。

我看進她深邃的眼睛裡，那個將來的她為什麼不能是妳？

她對我笑，「絕對是漂亮的。」

「那我就放心了。」

她笑，我也笑，然後她說了一句再也讓我笑不出來的話。

「庫煒，我要離開台灣了。」

當我聽到她說要離開時，我的心臟有一瞬間因為害怕而跳得飛快。

「離開台灣？妳要去哪裡？」

「我要去英國了。」

「為什麼要去那裡？」

「庫煒，我想清楚了，只有在拉小提琴的時候我才是最快樂的，它可以讓我忘了煩惱，只沉浸在音樂裡。人都是貪心的，我還想把小提琴拉得更好，讓自己的實力和視野更加遼闊，我已經申請英國的學院準備要去進修音樂了。」

我不知道自己呆滯了幾秒才說：「那樣……很好啊……」

不，一點都不好，我不想她離開，卻也沒有理由留她下來，這正是我傷心的原因。

「庫煒，我就知道你會支持我。」

「妳能繼續完成夢想，我比任何人都高興。」

「這一切都要歸功於你，要不是你讓我當你的小提琴指導老師，還邀請我去聽演奏會，就不會遇到均耀，認識一群很棒的演奏家，重新拾起對音樂的熱情。」

我唯一感到安慰的是小媛這一番話，我的努力還是沒有白費，雖然沒有讓她愛上我，可是她卻朝著更美好更適合她的人生道路走去。

那樣很好，真的，不用管我心酸酸，只要她能快樂就好。

「什麼時候出發？」

「下個月。」

「那要去多久？」

「兩年或三年。」

「要去這麼久？」

「嗯，我到時候一定會非常想念台灣的家人和美食。」

也在這個時候，一架飛機起飛了。我看著升空的飛機，想著到時小媛也要這麼飛離台灣，她的世界裡不再有我，而我的世界裡只剩下對她的想念。

想念。

有一瞬間我真希望變成小提琴跟她一起走就好了。

小媛說這是我們在台灣最後一次的碰面，她說剩下的時間要把工作好好交接，也要回台中好好陪陪父母，回台北後要把該帶的東西好好地整理帶上，意思是我只有今天可以好好跟她相處了。

我們看著一架架的飛機起飛降落，當飛機起飛離開時，我的心總會跟著一揪，當飛機降落回來，我的心又開朗了起來，就這樣來來回回，心好糾結。

「我們今天來看飛機，是為了要實習道別嗎？」

她看著我不說話，我能那麼以為嗎？以為其實她也不捨離開我，所以想好好地跟我道別。

後來我們一起吃了頓晚餐，我堅持要請客，就當作是餞別。最後一起搭公車回家，經過前兩次的經驗，這次我靠窗坐，我原本想跟她說些什麼，什麼都好，可當司機開過一個又一個路口，距離她家又近一點了，那種要離別的感覺，才真正在我內心翻騰著，結果是小媛先開口跟我說話，她說她有點累，能不能小睡一下，我要她放心地睡，到站了我會叫她。

沒一會，她睡著了，隨著搖晃的公車，她的頭也倒過來倒過去，怕她睡得不安穩，我小心翼翼地把她的頭靠在我肩上，我能聽見她淺淺的呼吸聲，靠在我身上呼吸起伏的溫度，我多希望這一刻能永遠停止，那樣我就能把她的模樣牢牢地印在腦海裡。

我想跟她說在英國好好專心學音樂，不要隨便跟別人談戀愛，我想跟她說她離開的那些年，我會變成更好的男生，一個足以匹配她的男生。我想跟他說要好好照顧自己的身體，不要生病了，我想跟她說能不能她在想念台灣的家人和美食時也順便想起我，我在心裡反覆練習著說出這些話。

然後，她準備下車了，我只對她微笑揮了揮手，連再見都說不出口。

她卻笑著跟我說了聲謝謝，我已經沒辦法猜測那句謝謝代表什麼意思。

我只知道，她下車，司機關上車門那一刻，如果我再不說就來不及了，於是我衝向前去叫司機趕快停車，司機以為我要下車就趕緊把門打開，我衝著外面大喊，「小媛，我會等妳回來！」不知道她聽到了嗎？

當我對司機說抱歉可以繼續開了，又坐回最後排的座位，我的眼睛裡立刻起了大片的霧，原來她當初沒說出口喜歡坐最後排座位的最後一項理由，是方便偷哭。

就像我現在這種情況，眼淚流個不停，只有自己知道。

後來，我才深刻體認到比失戀更難過的是她已經離開台灣的事實。

她離開的第一年，我特別寂寞，過年父母回台灣陪我過節，記得她曾要我向父母坦露心聲，我跟爸媽說不用再買昂貴的手機或電玩給我，只要他們肯撥出些時間陪我，在我成人離家前。沒想到坦白的成效很大，媽媽決定留在台灣，而爸爸承諾他會常常飛回台灣看我們。

她離開的第一年，我滿十八了，考上了機車駕照，和小鍾昀庭三人各自考上了不同的大學，我也開始半工半讀，想累積社會經驗變成一個更棒的男人。

她離開的第二年，我滿十九了，考上汽車駕照後，我想趕快存錢買一台二手車，想在她回國時去接機。

當然，這兩年也發生了一些不可思議的事。當小鍾牽著昀庭來我打工的飲料店買飲料時，我差點就打翻了客人的飲料。昀庭說緣分很會開玩笑，誰知道他們班竟然和小鍾那一班聯誼，莫名其妙還抽到小鍾的車鑰匙，昀庭說她認了這緣分了才跟他交往。小鍾洋洋得意私下跟我坦承，說那車鑰匙是他安排好讓昀庭抽中的。我為小鍾卑鄙的行為對昀庭感到抱歉，能看到朋友們這麼幸福，說真的我不打算把小鍾的卑鄙行為告訴昀庭，小鍾暗戀了昀庭這麼久終於得到回報，我比誰都更為他感到開心，甚至我還有點羨慕那可惡的傢伙！

她離開的第三年，我終於不感到這麼孤單了，大概是小媛就快要回來的關係，而我也終於能拉好〈小星星〉，甚至還進階學了〈小星星變奏曲〉，我一直沒停止拉小提琴，就像我一直沒忘記還愛小媛的事實。

愛一個人其實不用天天在一起，因為回憶會累積愛一個人的證明，這些年我常常一個人帶著小提琴去堤防，也常常去松山機場看飛機，更經常騎車經過她住處的樓下。因為三年前，在這裡，讓我見到女孩的傷心，也是在那個時候，我決定照顧她保護她。

這天，我突然接到一通著急的電話，是小鍾要我立刻去他學校載他，也不說明是什麼原因，只說我再不快來就要來不及了。我也不管教授在上課，趁教授轉頭去寫白板時，立刻拿起包包，開著我剛買不久的二手車去接小鍾。

接到了小鍾，小鍾又要我趕快去昀庭的學校，不然就要來不及了。我以為是昀庭發生什麼大事，趕緊催著油門，連闖了好幾個紅燈，才發現昀庭早站在校門口，神采奕奕地跟我打招呼。

我問他們在搞什麼鬼，他們則說要回高中母校。我不懂，今天又不是校友回去的日子。正好我們回到母校，學生已經走光了，哀求警衛好一會兒，警衛才肯放我門進去。我跟小鍾一起把時空膠囊挖出來，我才意識到我和小鍾都滿二十歲了。看著生鏽的鐵盒，三年就這麼過去了。

「還發什麼呆啊？時候到了。」

「什麼意思？」

「不是說好，二十歲就要把這封情書給交出去，現在我已經交給昀庭啦！也該你拿去交給她了吧！」

「可是小媛又還沒回來。」

「今晚我表姊搭的班機八點抵達。」

「什麼？」聽到這消息，我比任何人還要高興還要興奮。

我看了一下手錶，現在是五點四十分，距離八點還有兩個小時又二十分鐘，我馬上向他們說了聲謝謝轉頭就要離開，小鍾卻叫住我，把情書往我手裡一塞。

「別忘了帶上你最重要的情書。」

「謝啦！」

「加油喔！」

我跑走的時候，似乎聽到昀庭審問小鍾為什麼她是鼻涕而小鍾是衛生紙？

我的心臟跳得很快，一想到馬上能見到小媛，我恨不得能立即飛奔到她身邊，告訴她，我等了她好久好久。

然而越是關鍵的時候越是容易出錯，車開到一半，突然在路上熄火拋錨。我趕緊要打電話請拖吊車前來，才發現手機沒電，好不容易向路人借到電話打給拖吊廠，等拖吊車來又耗費了一大段時間。等我搭上計程車，已經七點二十分了，到達機場門口也已經八點十五分。我不死心，想著入境沒那麼快，我在機場裡徘徊了好久，想找尋她的身影，一直到九點半我才放棄，黯然地回家。

昨晚跟昀庭通過電話，昀庭說她表姊在台中家裡，隔天一早，我立即搭高鐵南下，到了小媛家門口，才發現沒人在家。我愣了好一會兒，想著自己到底有沒有這麼帶衰，然後是昀庭打了電話來向我道歉，她說她忘了告訴我，表姊在回台中之前會先去雲林看阿公阿嬤。我就算想飆昀庭髒話也沒力氣了，我感到疲憊，一屁股坐在台階上發呆了好一會，才認命地離開。

也是在回到北部途中，我才發現口袋中的情書不見了，跑了這麼多地方也不知道是掉到哪裡去，別說心立刻涼了一大半，想到那封作文給別人撿去看，我就算有十張臉也丟不完，埋了三年的時空情書也沒意義了。

只是想要一個機會有這麼難嗎？

過幾天，我從昀庭手中拿到一張門票，是小媛準備在國家演奏廳開的獨奏會，昀庭說小媛很期待我能去看，我忘了我有沒有向昀庭道謝，只是盯著票高興了老半天。

我把那張票放在枕頭下，每次睡前總是看著票傻笑，隨著日子越接近，我越緊張。我是不是可以想，這張票代表著一種希望，通往幸福的車票？

這天，我換上帥帥的西裝，帶著一束鮮花，隻身來到國家音樂廳。

隔了三年，當我再次看見小媛，她已經是站在台上專業的小提琴手。她還是這麼漂亮，這麼迷人奪目。尤其當她拉起小提琴時，比三年前更有架勢也更純熟，我不知道我有沒有記得眨眼睛，只知道我很感動，心臟也跳得好快。一直到演奏會結束，我還沒有辦法從這個感動和心跳中脫離。

然後，我鼓起勇氣去後台找她，才發現她早已被大批粉絲包圍。我在旁邊等了好一會，她才發現我的存在，趕緊跟我招手，然後從人群中走出。

「庫煒，好久不見。」她穿著一襲紅色貼身小禮服。

「真的好久不見。」我說，臉已經紅了。搞什麼周庫煒，又不是十七歲的毛頭小子。為了避免尷尬，我趕緊把手中的鮮花遞給她，「恭喜妳成功站上國家音樂廳，很棒的演出。」

「謝謝。」

「那個，等一下，我可不可以……」

「不好意思，庫煒，你能等我一下嗎？我先跟大家拍個照。」

「好啊！我等妳。」

這一等就是一個多小時，小媛一臉歉疚地說：「不好意思，讓你久等了。」

「比起三年，這一個多小時不算什麼。」

「什麼？」

「沒有。」我裝傻，「妳有空和我一起走走嗎？」

「好啊！我一回國就忙著和家人團聚，還忙著籌辦音樂會的事，現在終於有自己空閒的時間了。」

「妳有沒有想去哪裡？我可以載妳去。」

「真的嗎？我突然好想去看看海邊的夕陽，會不會太麻煩你？」

「一點都不麻煩。」

到達海邊時，小媛很率性地把高跟鞋脫下來，光著腳踩在沙灘上，像個開心的小女孩。

我們一起坐在沙灘上，看著黃澄澄的太陽，漸漸西落。

我把西裝外套脫下來披在小媛肩上，她對我微笑示意。

「庫煒，你會寫情書嗎？」她突然開口問。

「啊？情書嗎？」我突然地驚訝，如果我情書還在的話，我應該會說我會寫，不過情書不小心弄丟了，我也只能裝傻，「妳怎麼會突然提到什麼情書？」

「最近有一個男生在追求我。」

我心中立即警鈴大響，「他是誰？我認識的還是不認識的？」

「庫煒，你的反應好大。」

如果我等了三年，只是為了等小媛被其他人追走，我不死不瞑目才怪！

「我只是想知道那個男的好不好，說不定我可以幫忙妳鑑定一下。」

「我想不用鑑定了，因為我已經決定了。」

「決定什麼？」我心中的不安立即擴大成恐懼。

「答應試著跟他交往看看。」她對我笑。

我當場笑不出來，心像是放了個鉛塊一樣重，「所以妳被他的情書給感動了？」我這麼努力證明，卻輸給了一個來路不明的程咬金把我的愛情給搶走了，我連逆轉的機會都沒了？

「嗯，我從來沒收過那麼美的情書。」

「……是嗎？」再不找個藉口離開，我就要哭了，我起身，「突然口好渴，我先去車上拿個水來喝……」

「我記得車上沒有水啊！庫煒。」

「那我去拿個菸抽。」

「我記得你沒抽菸的習慣啊！」

「那、那……那我尿急，我先去找個地方小解。」

我才走了兩步，她就在我身後讀著：

致我心愛的妳：

妳一笑，
全世界彷彿明亮了起來。
妳一哭，
我的心連同妳傾盆大雨。
我愛妳微笑的表情，
正如妳說話的語氣，
我愛妳為我帶來的改變，
正如我能為妳做的事情。
我愛，
妳像風一樣吹進我耳裡。
我愛，
妳像火一樣點燃我熱情。
我愛，
妳像雷一樣擊中我的心。
我愛，

妳像水一樣灌溉我生命。
我愛，
妳像土一樣埋下我的愛情。
我愛妳，
如果妳能發現，
我的真心誠意。
我愛妳，
如果妳能明白，
我要的不只謝謝而已。
我愛妳，
如果妳能聽見，
我的一聲嘆息，
能不能不要只做朋友，
而是在妳心上的愛情。

「這……這是……」我驚愕地回頭，下巴應該快要掉下來了。

「這是你掉在我家門口的情書吧？」她拿著稿紙，臉上堆滿了笑容。

「原來是掉在妳家門口。」我當場又羞又尷尬，真想挖個沙坑把自己埋了。

「我想信中的這個妳，應該是指我吧？」

我連點了三下頭，雖然很難為情。

她看我害羞的模樣，笑得更燦爛了。

「等等，妳說妳要答應寫這封情書的人的追求，所以……所以妳……」

「所以也許我們可以試著交往看看，跨越這個八歲的距離。」

「真的？」我高興地心臟跳好快，「不過這是為什麼？」

「三年前，我沒辦法答應你，是因為我沒有勇氣，三年後，我可以答應你，是因為你給我無比的信心，謝謝你帶著愛，等我回來。」

說完，她帶著感動撲進我懷裡，給我一個大大的擁抱。如果我還不趕緊抱回去，我還是男人嗎？

我立刻回抱她，在不抱痛她的情形下，這個擁抱彷彿像一世紀一樣漫長，如果可以，真希望把三年的時光一次都補回來。

「我才要謝謝妳給我時間證明小男孩已經長大了，妳現在眼前的這個小男人，有足夠的信心在未來每一天都帶給妳幸福和快樂。」

回程的路上，我只記得我跟小媛這麼說。

然後就差點發生了車禍，因為她突然往我臉上親了一下。

我可以想，我已經在她心上了，是吧？

是吧！

【全文完】

國家圖書館出版品預行編目資料

聽說 你還相信愛情／溫暖38度C 著. -- 初版. -- 臺北市：
商周出版：家庭傳媒城邦分公司發行, 民104.2
面： 公分. --（網路小說；242）
ISBN 978-986-272-742-3（平裝）
857.7 104000503

聽說 你還相信愛情

作　　者／溫暖38度C 著
企畫選書人／陳思帆
責任編輯／陳思帆

版　　權／翁靜如
行銷業務／李衍逸、黃崇華
總 編 輯／楊如玉
總 經 理／彭之琬
發 行 人／何飛鵬
法律顧問／台英國際商務法律事務所　羅明通律師
出　　版／商周出版
城邦文化事業股份有限公司
台北市民生東路二段 141 號 9 樓
電話：(02) 25007008　傳真：(02) 25007759
Blog：http://bwp25007008.pixnet.net/blog
E-mail：bwp.service@cite.com.tw
發　　行／英屬蓋曼群島商家庭傳媒股份有限公司城邦分公司
台北市民生東路二段 141 號 2 樓
書虫客服服務專線：(02) 25007718、(02) 25007719
服務時間：週一至週五上午09:30-12:00；下午13:30-17:00
24 小時傳真專線：(02) 25001990、(02) 25001991
劃撥帳號：19863813；戶名：書虫股份有限公司
讀者服務信箱：service@readingclub.com.tw
城邦讀書花園：www.cite.com.tw
香港發行所／城邦（香港）出版集團有限公司
香港灣仔駱克道193號東超商業中心1樓
E-mail：hkcite@biznetvigator.com
電話：(852)25086231　傳真：(852) 25789337
馬新發行所／城邦（馬新）出版集團【Cité (M) Sdn. Bhd.】
41, Jalan Radin Anum, Bandar Baru Sri Petaling,
57000 Kuala Lumpur, Malaysia.
Tel: (603) 90578822　Fax:(603) 90576622
email:cite@cite.com.my

封面設計／黃聖文
版型設計／小題大作
排　　版／新鑫電腦排版工作室
印　　刷／高典印刷有限公司
總 經 銷／高見文化行銷股份有限公司
電話：(02) 26689005　傳真：(02) 26689790
客服專線：0800-055-365

■ 2015 年（民104）2月3日初版1刷
定價200元

Printed in Taiwan
城邦讀書花園
www.cite.com.tw

ISBN　978-986-272-742-3

廣　告　回
北區郵政管理登記
台北廣字第000791
郵資已付，免貼郵

104台北市民生東路二段141號2樓

英屬蓋曼群島商家庭傳媒股份有限公司　城邦分公

請沿虛線對摺，謝謝！

書號：BX4242　**書名：**聽說 你還相信愛情　**編碼：**

請於此處用膠水黏貼

讀者回函卡

感謝您購買我們出版的書籍！請費心填寫此回函卡，我們將不定期寄上城邦集團最新的出版訊息。

不定期好禮相贈！
立即加入：商周出版
Facebook 粉絲團

姓名：＿＿＿＿＿＿＿＿＿＿＿＿＿＿＿＿ 性別：□男 □女

生日：西元＿＿＿＿＿＿＿＿年＿＿＿＿＿＿＿＿月＿＿＿＿＿＿＿＿日

地址：＿＿＿＿＿＿＿＿＿＿＿＿＿＿＿＿＿＿＿＿＿＿＿＿

聯絡電話：＿＿＿＿＿＿＿＿＿＿＿＿ 傳真：＿＿＿＿＿＿＿＿＿＿＿＿

E-mail：

學歷：□ 1. 小學 □ 2. 國中 □ 3. 高中 □ 4. 大學 □ 5. 研究所以上

職業：□ 1. 學生 □ 2. 軍公教 □ 3. 服務 □ 4. 金融 □ 5. 製造 □ 6. 資訊
□ 7. 傳播 □ 8. 自由業 □ 9. 農漁牧 □ 10. 家管 □ 11. 退休
□ 12. 其他＿＿＿＿＿＿＿＿＿＿＿＿＿＿＿＿

您從何種方式得知本書消息？

□ 1. 書店 □ 2. 網路 □ 3. 報紙 □ 4. 雜誌 □ 5. 廣播 □ 6. 電視
□ 7. 親友推薦 □ 8. 其他＿＿＿＿＿＿＿＿＿＿＿＿

您通常以何種方式購書？

□ 1. 書店 □ 2. 網路 □ 3. 傳真訂購 □ 4. 郵局劃撥 □ 5. 其他＿＿＿＿

您喜歡閱讀那些類別的書籍？

□ 1. 財經商業 □ 2. 自然科學 □ 3. 歷史 □ 4. 法律 □ 5. 文學
□ 6. 休閒旅遊 □ 7. 小說 □ 8. 人物傳記 □ 9. 生活、勵志 □ 10. 其他

對我們的建議：＿＿＿＿＿＿＿＿＿＿＿＿＿＿＿＿＿＿＿＿＿＿＿＿

＿＿＿＿＿＿＿＿＿＿＿＿＿＿＿＿＿＿＿＿＿＿＿＿

＿＿＿＿＿＿＿＿＿＿＿＿＿＿＿＿＿＿＿＿＿＿＿＿

請於此處用膠水黏貼